UNE COMMUNE

DE LA

HAUTE-VIENNE

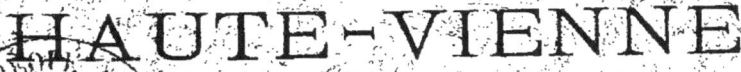

PENDANT LA PÉRIODE RÉVOLUTIONNAIRE

1790 – 1795

PAR

Albert MAURAT-BALLANGE

LIMOGES

IMPRIMERIE ET LIBRAIRIE LIMOUSINES

DUCOURTIEUX & GOUT

Libraires de la Société archéologique et historique du Limousin

7, RUE DES ARÈNES 7

1910

UNE COMMUNE

DE LA

HAUTE-VIENNE

PENDANT LA PÉRIODE RÉVOLUTIONNAIRE

1790-1795

PAR

Albert MAURAT-BALLANGE

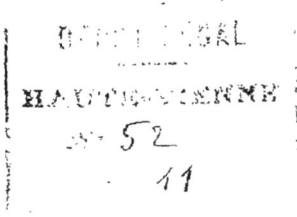

LIMOGES

IMPRIMERIE ET LIBRAIRIE LIMOUSINES

DUCOURTIEUX & GOUT

Libraires de la Société archéologique et historique du Limousin

7, RUE DES ARÈNES 7

1910

UNE COMMUNE

DE LA

HAUTE-VIENNE

PENDANT LA PÉRIODE RÉVOLUTIONNAIRE

·1790-1795

Les documents inédits que nous reproduisons au cours de cette étude proviennent tous du registre de délibérations de la commune de Vaulry (1). Ce registre recouvert en parchemin et contenant 184 feuillets soigneusement cotés et paraphés remonte à l'année 1790. Il fut rédigé avec le plus grand soin pendant toute la période révolutionnaire par le citoyen Imbert, ancien curé de la paroisse, qui devint agent national de la commune sous la Révolution. Imbert conserva ces fonctions sans interruption pendant une période de dix ans de 1792 à 1802, et comme il avait reçu, ainsi qu'il est facile de s'en rendre compte par la lecture des délibérations, une instruction supérieure à celle des hommes qui l'entouraient et à la moyenne de l'époque, il nous a laissé de précieux documents. Secrétaire-greffier en même temps que curé dès 1790, aumônier de la garde nationale, agent national en 1792, faisant également fonction d'instituteur, il était dans

---

(1) Vaulry, commune du département de la Haute-Vienne, canton de Nantiat, arrondissement de Bellac, 800 habitants. Sur Vaulry, voir *Monographie du canton de Nantiat*, par l'abbé Lecler. (Limoges, Ducourtieux et Gout, 1869.)

sa petite localité l'homme indispensable, aussi retrouvons-nous sa signature au bas de chaque page. De plus, Imbert, ce dont nous ne nous plaindrons pas au point de vue historique, semble avoir eu quelque peu la manie de scrupuleux copiste. Non seulement il a noté avec soin, souvent chaque jour, les délibérations prises par le corps municipal, mais emporté par son zèle, il a transcrit au commencement de la Révolution les principaux arrêtés de l'Assemblée Nationale et de nombreuses notes concernant la fête de la Fédération. C'est ainsi qu'à ce sujet nous pouvons reproduire la correspondance de la commune de Vaulry avec l'État Major de la garde nationale de Limoges. Enfin tant au point de vue de l'état d'esprit des habitants de nos campagnes au début et pendant la Révolution, que de leur situation matérielle, Imbert nous a laissé d'intéressants souvenirs. Les événements qui se sont passés dans les villes sont généralement mieux connus et mieux étudiés que ceux ayant trait aux campagnes, nous avons donc pensé qu'il était utile au point de vue historique de donner quelques extraits tirés de ce registre, quoiqu'il soit assez difficile de faire un choix et qu'à ne présenter que des coupures nous nous rendions compte du décousu de notre travail. Notre but a été, en reproduisant les délibérations les plus intéressantes, de suivre pas à pas la vie d'une commune de la Haute-Vienne pendant les heures les plus tragiques de la Révolution. Aussi bien n'entendons-nous par cette simple contribution, qu'apporter une pierre à l'édifice que des hommes plus autorisés élèvent chaque jour, Heureux si ces quelques recherches peuvent servir à l'histoire de notre Limousin. Ajoutons que si, pour la facilité de la lecture, nous avons adopté l'orthographe usuelle dans nos transcriptions, nous avons toujours « intégralement » maintenu les textes que nous reproduisons aujourd'hui.

Qu'il nous soit permis comme conclusion de formuler le même vœu que celui déjà exprimé par notre savant confrère M. Leroux. M. Leroux considère comme indispensable que tous les registres de délibérations remontant à l'époque révolutionnaire soient versés sans retard aux Archives. Dans son livre, « *Sources de l'Histoire de la Haute-Vienne pendant la Révolution,* » il nous apprend que sur plus de deux cents communes du département, il en reste à peine soixante-quinze possédant des délibérations remontant à cette époque. Il y a donc une urgence extrême à ce que des mesures sérieuses de conservation soient prises, si l'on ne veut pas voir disparaître des **documents** précieux et tendant, pour des motifs divers sur lesquels il est inutile d'insister, à devenir chaque jour de plus en plus rares.

Comme suite aux délibérations de la période révolutionnaire nous donnons *in extenso* les débats de la Société populaire qui fut créée dans cette même commune de Vaulry le 27 octobre 1793. L'agent national Imbert en était le président et lorsqu'il avait transcrit d'un côté de son registre les délibérations officielles, il reproduisait de l'autre le compte rendu des séances de la société. C'est à cette méthode de travail que nous devons la conservation de ces extraits où l'on trouvera entr'autres pages curieuses le récit pompeux d'une fête de la Raison célébrée le 30 frimaire an II. On sait qu'à l'époque de la Terreur de nombreuses sociétés populaires se créèrent dans le département. Il y en eut à Bellac, à Cieux, à Compreignac, à Conore, pour ne parler que du voisinage de Vaulry, mais si l'on connaît l'existence de ces sociétés, on sait aussi que presque tous leurs bulletins ont disparu. Nous pensons qu'il y a un certain intérêt à noter quelle fut la répercussion de la société populaire de Limoges dans nos campagnes (1). L'existence d'une société à Vaulry, c'est-à-dire au fond d'un village, loin des agglomérations et des routes, établit combien les ramifications du club central étaient étendues et puissantes.

La société populaire de Vaulry dura peu, un an environ. Elle fut fondée à l'instigation de la société de Cieux qui existait avant elle, et qui avait été affiliée au Club des Jacobins de Limoges, le 8 frimaire an II. Nous savons comment la société de Vaulry débuta, mais nous ne savons pas comment elle finit. La dernière page du registre demeure blanche et les délibérations s'arrêtent brusquement sans explication. Il est probable qu'à l'enthousiasme du début ne tardèrent pas à succéder la lassitude et l'abandon. Aussitôt le 9 thermidor passé, il n'est plus question de société populaire, et le village agité par le contre-coup de la Révolution, retombe bientôt dans le calme et l'oubli.

A. M.-B.

(1) Sur la Société populaire de Limoges, consulter le livre de M. Fray-Fournier, *Le Club des Jacobins de Limoges*, 1790-1795 (Limoges, Charles-Lavauzelle, 1903). Dans la longue nomenclature des communes de la Haute-Vienne possédant des clubs au moment de la Révolution, nous ne voyons citer nulle part celle de Vaulry.

Année 1790. — Nomination du premier maire. — Formation de la garde nationale. — Impôts anciens. — Agriculture. — Constitution civile du clergé. — Les troubles en Limousin.

En tête du registre nous trouvons la mention suivante : « Registre de la paroisse de St Bonnet de Vaulry pour l'année 1790, contenant 184 feuillets de papier simple suivant le décret de l'Assemblée Nationale du mois de janvier présente année, coté et paraphé par nous Pierre Doumezi, maire de la municipalité de la présente paroisse, convoquée et formée suivant l'institution de l'Assemblée Nationale du 11 décembre 1789 et en conformité des lettres-patentes du Roi pour le même objet du même mois et année. Signé Louis et plus bas par le Roi : de St Priest, et scellé du sceau de l'Etat. Ce dit registre contiendra la nomination des maires, officiers municipaux, notables, procureur et secrétaire-greffier ainsi que les délibérations de toute la commune ».

21 février 1790. Doumezi, maire.

Nomination du premier maire :

« Aujourd'hui 21 février 1790 à onze heures du matin, les habitants propriétaires de la paroisse de St Bonnet de Vaulry étant assemblés sur la convocation qui avait été faite par les syndics de la dite paroisse tant du Limousin que du Poitou pour former une municipalité, lesquels dits habitants étant assemblés aux jours et heures indiqués et selon la forme ordinaire, lecture leur a été faite par les syndics tant des lettres-patentes du Roi sur le décret de l'Assemblée Nationale du 14 décembre dernier sur la constitution des municipalités, que de l'instruction d'icelles ; en conséquence, nous habitants soussignés, pour nous conformer aux susdites lettres et décrets avons fait le recensement de la dite paroisse qui s'est trouvé monter à 691 âmes. Après quoi nous avons procédé à la nomination d'un président et secrétaire et le scrutin ayant été ouvert par les trois plus anciens d'âge il s'est trouvé que la pluralité des voix a été en faveur de MM. Martial Gravelat pour président et J.-B. Imbert pour secrétaire, lesquels ont accepté et pris place devant le bureau. De suite ont prêté le serment requis et nécessaire

et l'ont fait prêter à la commune assemblée « de maintenir de
tout leur pouvoir la constitution du royaume, d'être fidèles
à la Nation, à la Loi et au Roi, de choisir en leur âme et conscience les plus dignes de la confiance publique et de remplir
avec zèle et courage les fonctions civiles et politiques qui pourront leur être confiées. Le serment prêté la commune s'est occupée à nommer trois scrutateurs, les billets ayant été recensés
et le nombre s'étant trouvé égal aux votants, il s'est trouvé que
le résultat du scrutin, en présence du président et du secrétaire
a été en faveur de Pierre Doumezi, Bureau et Dubreuil qui ont
accepté leurs commissions. Ensuite l'Assemblée s'est occupée de
la nomination d'un maire par liste individuelle ; et après que tous
les électeurs ont mis ostensiblement leur billet dans un vase à
ce destiné placé devant le président et le secrétaire de la dite
assemblée et tous les billets ayant été recensés et comptés par les
dits président, secrétaire et scrutateurs, ils se sont trouvés exacts
au nombre des électeurs. Ils ont été ouverts, vérifiés, et la majorité
absolue et individuelle a été en faveur de Pierre Doumezi, du
bourg, qui a été sur-le-champ proclamé par le président et qui
a accepté.

Attendu l'heure tardive avons clos et levé la présente séance
laquelle a été ajournée à huitaine ».

La huitaine écoulée, on procède avec le même long cérémonial
à l'installation définitive de la municipalité qui se compose de
cinq officiers municipaux et d'un procureur, de douze notables
pris dans les différents villages et d'un secrétaire-greffier qui
est le curé de la paroisse, Imbert. Ce dernier signe pour la première fois les procès-verbaux de son nouveau titre : « Secrétaire-greffier syndic de la municipalité de Vaulry ».

L'enthousiasme du début de la Révolution ne fut pas un vain
mot. Nous n'en voulons pour preuve que les lettres suivantes
échangées au sujet de l'organisation projetée des Gardes Nationales. Le 20 avril 1790, l'état-major de la garde nationale de
Limoges envoie à Vaulry, comme probablement aux habitants
des autres communes du département, la missive suivante :

« Messieurs et chers camarades, C'est de l'union des hommes
que provient leur force, et c'est en se confédérant qu'ils se pro-
mettent d'être fidèles à la fraternité qu'ils se jurent. Union,
force, fidélité, Voilà notre devise. Son emblème doit être tracé
sur tous les drapeaux de la garde nationale comme il se trouve
figuré sur la poignée de nos sabres. Gravons-le à jamais cet em-

blême précieux sur toutes nos armes et surtout dans nos cœurs. Il soutiendra le courage qui nous anime. Il en imposera aux ennemis qui voudraient l'abattre et nous verrons peu à peu ces ennemis se désespérant d'être isolés, foulant aux pieds les diatribes que le souvenir des préjugés leur dictait, venir se mêler à nos concerts de félicitations pour l'Assemblée Nationale et pleurer d'attendrissement de se voir admis à participer au serment d'une inviolable fidélité, à la Nation à la Loi et au Roi. Nous les verrons, pénétrés du bonheur général se présenter devant l'autel de la patrie, y faire le sacrifice honorable de leur fortune et de leur vie. Pour les y engager, empressons-nous, chers camarades, de leur donner l'exemple. Montrons-nous comme les bons citoyens des deux rives du Rhône, de la Loire, etc., etc., entièrement confédérés. Notre union deviendra le gage de la paix publique, un appui pour la justice et pour la loi, un moyen de bonheur pour le peuple, de gloire pour le Monarque et de prospérité pour la nation entière.

Ces motifs puissants nous déterminent à former une confédération dans la ville de Limoges ; nous en avons fixé l'époque au 9 du mois de mai prochain, ainsi qu'il est constaté par les procès-verbaux ci-joints qui en prescrivent le mode et l'ordre.

Nous vous invitons tous, nos frères d'armes du département de la Haute-Vienne, à vous rendre par détachement en grande tenue composé au moins de deux officiers et de quatre ou six volontaires, nous vous prions aussi de nous marquer en réponse et pour le plus tard avant le 5 mai, le nombre et le nom des camarades qui formeront votre députation afin que nous puissions les loger commodément et aviser aux préparatifs nécessaires pour cette réunion patriotique.

Nous ambitionnerions beaucoup de pouvoir réunir à nos légions les gardes nationales des départements limitrophes, même de toute la France. Qu'il serait beau et majestueux de voir quatre millions d'hommes se jurer Amitié, Union, Fraternité et couronner ces sentiments de confédération de ce cri universel qui échappe actuellement à toutes les âmes bien nées, « Vivre libres ou mourir ». Un rassemblement aussi brillant en imposerait aux ennemis les plus nombreux et les plus formidables. Il ferait trembler des nations entières.....

Nous jurerons et vous jurerez avec le sentiment qui anime aujourd'hui les Français patriotes de conserver la liberté que nous avons reconquise au risque de notre vie, d'être attachés à là nouvelle Constitution, de respecter et faire respecter les décrets de l'Assemblée Nationale, de concourir à tout ce qui peut procurer la perception et la rentrée des impôts, de regarder et traiter comme ennemi et perturbateur du bien public tout réfractaire aux lois nouvelles, d'être unis par les liens indissolubles de la fraternité et de concourir à la paix et à l'ordre par tous les moyens qu'une pareille fédération nous met entre les mains.

Qu'il nous tarde de voir arriver ce moment propice à nos vœux. Il nous offrira un spectacle nouveau et bien attendrissant : la vivante figure de notre emblème : union, force et fidélité ».

Vos dévoués amis et frères d'armes

Signé : Faulte de Venteaux, commandant général adjoint.

Barbou des Courières, colonel.

Nicot, lieutenant colonel.

Guineau-Dupré, quartier maître.

A cet appel déclamatoire et vibrant, la municipalité de Vaulry répond sur un ton plus modeste et par la plume de son secrétaire greffier la lettre suivante que nous trouvons sur le registre à la date du 2 mai 1790.

« Messieurs et chers camarades, Les malheurs de l'année dernière communs avec tout le royaume ont été encore accumulés sur cette paroisse par un de ces fléaux cruels qui enlèvent totalement dans un instant l'existence du cultivateur lors même qu'il croit être récompensé de ses sueurs et de ses travaux; la grêle dont nous fûmes assaillis au mois de juin dernier nous mettant dans l'impossibilité de faire aucune dépense extraordinaire, celle de notre subsistance absorbant le peu de récolte qui nous a demeuré. Nous sommes donc mortifiés de ne pouvoir vous offrir en ce moment que les sentiments de l'Union la plus sincère et la plus fidèle. Nous sommes prêts à voler à votre secours lorsque nous serons avertis du moindre danger qui pourrait vous menacer. Nous en faisons le serment le plus sacré. Vous pouvez nous compter au nombre des patriotes fidèles à la constitution, à la nation, à la loi et au roi. Veuillez nous accorder la même grâce et nous prendre sous votre sauvegarde. Nous sommes animés du même esprit qui porte les Français patriotes à défendre la liberté qu'ils avaient perdue depuis tant de temps et qu'ils ne peuvent recouvrer que par une adhésion uniforme de fraternité. Tels sont nos sentiments.

Nous avons l'honneur d'être avec des sentiments de fraternité, vos amis et dévoués camarades. »

Guillot, Pely, officiers municipaux. Doumezi maire, Imbert, curé de Vaulry, secrétaire-greffier.

Après avoir été quelque peu hésitante, la paroisse de St Bonnet de Vaulry forme sa garde nationale le 29 juin. Monsieur Martial, Louis de Marsanges qui représente la noblesse de l'endroit, capitaine du régiment des chasseurs d'Alsace, chevalier de Malte « d'une voix unanime » est désigné comme commandant. Imbert est naturellement proclamé aumônier. Suivent les noms des capitaine, lieutenant, porte-enseigne, sergent, de deux caporaux et de quinze fusiliers. Cette formation étant opérée, six gardes nationaux sont désignés pour aller non pas à Limoges, mais à Bellac et participer au choix des députés qui devront se rendre à Paris pour la fédération générale fixée au 14 juillet 1790. Imbert transcrit sur son registre l'adresse des citoyens de Paris à tous les Français signée de La Fayette et de Bailly ; il note les décrets de l'Assemblée Nationale et les pièces relatives à la confédération. Il est décidé que pour se conformer au vœu général, la commune sera convoquée le 14 juillet afin de s'unir au pacte auguste et solennel que la Nation va contracter.

« Et advenant le 14 juillet 1790, Messieurs les officiers municipaux membres de la garde nationale et autres habitants de la commune s'étant rendus suivant l'invitation qui leur avait été faite le onze du présent mois, dans l'église paroissiale pour y assister à l'office divin et procéder à la cérémonie de la Fédération générale, ont prêté sur leur âme et conscience le serment d'être fidèles à la Nation, à la Loi et au Roi et de maintenir de tout leur pouvoir la constitution nationale. »

Les pages suivantes nous donnent l'énumération des biens-fonds nationaux situés dans l'étendue de la paroisse de St Bonnet de Vaulry, département de la Haute-Vienne, district de Bellac, canton de Cieux, ainsi que les rentes et dîmes payées par les différents villages. Cette brève énumération indiquera une fois de plus les charges qui pesaient sur la population rurale et expliquera les conflits continuels qu'amenait la perception de ces taxes locales au profit de personnes souvent fort éloignées.

« Biens appartenant au Roi..... Une mauvaise forêt.

Biens appartenant à la cure. Maison, jardin, grange, pré, d'environ trois septerées.

Biens appartenant aux ci-devant abbés de Grandmont, réunis à l'évêché de Limoges. Pré d'environ trois quartonnés, trois vergers, un lopin de terre en friche, un grand et un petit étang. »

Le bourg de Vaulry payait au curé à titre de rente seconde, un septier froment et un septier blé seigle mesure de Mortemart cinq sols d'argent, deux gélines et quatre poulets. Le village de La Taurinerie, deux quartes de froment, quatre septiers de seigle, deux septiers d'avoine, le tout mesure de Mortemart; il devait également deux sols d'argent et six deniers plus deux gélines. Les différents hameaux, même les moins importants payaient des dîmes soigneusement énumérées et consistant généralement en seigle, avoine, poules et même cerises et pots d'huile. Les bénéficiaires sont l'Evêque de Limoges, les religieux Augustins de Montmorillon, et le commandeur du Breuillaufâ. Les représentants de la noblesse eux-mêmes n'étaient point exempts de cet impôt, car nous voyons que M. de Marsanges pour son étang des Fuïes doit payer à l'abbesse de la Règle treize septiers seigle mesure de la Cité et trois deniers argent. Pour son étang de Rousset il paie à l'évêque de Limoges un septier froment, trois de seigle, trois pots d'huile et quatre poulets, les denrées mesure de Bellac. Inutile d'ajouter l'impopularité de ces redevances que la Révolution va faire disparaître ainsi que les difficultés journalières causées par les différences de mesurage qui variait singulièrement suivant qu'il s'agissait de tels ou tels bénéficiaires.

A la page suivante et par une singulière ironie, nous trouvons à la date du 25 septembre 1790, la transcription des observations du Directoire de la Haute-Vienne sur les soumissions afin d'acquérir les biens nationaux, puis un extrait du registre du canton de Cieux indiquant le chiffre de la population ainsi que l'état des individus ayant besoin de secours. Cieux avait alors 1697 habitants, Chamborêt 702, Vaulry 700, Nantiat 1017, Breuillaufâ 207. Au total 4.323. Si nous établissons une comparaison avec le recensement de 1906, nous verrons quelle a été l'augmentation de la population au bout d'un peu plus d'un siècle. Nantiat compte aujourd'hui 1.830 habitants, Cieux 1955, Chamborêt 907, Vaulry 798 et Breuillaufâ 218. Au total 5.708. Ouvrons une parenthèse pour remarquer que le bourg de Cieux à l'époque que nous étudions avait été désigné comme chef-lieu de canton provisoire. Cette désignation avait amené des conflits entre presque toutes les communes qui aspiraient au titre de chef-lieu de canton. Notre registre contient les doléances de la commune de Chamborêt qui, se basant sur les décrets de l'Assemblée Nationale « autorisant les municipalités à solliciter tant des assemblées

administratives que de l'assemblée Législative que le chef-lieu
de canton fut placé à la portée de toutes les municipalités qui
en dépendent » adressait de vives réclamations pour obtenir le
titre aujourd'hui détenu par Nantiat.

L'administration du département, après s'être informée du
chiffre de la population et du nombre des indigents demande des
renseignements sur l'agriculture. Voici les questions et les réponses à la date du 12 décembre 1790.

Quelles sont les espèces et quantités de bestiaux qui sont
nourris, élevés et engraissés dans la dite municipalité ?

Réponse : La municipalité de St Bonnet de Vaulry contient
dans son arrondissement environ trois cents bêtes à cornes
tant grandes que petites. Environ sept cents chefs de mou-
tons et de brebis, environ cent cochons ou truies ou nour-
rains, peu de chèvres; le fourrage est assez abondant, mais
d'une mauvaise qualité en général, ce qui empêche qu'on ne
peut élever beaucoup de bétail encore moins en engraisser.

2º Quelle est la production en grains de diverses espèces et
la proportion qui se trouve entre la quantité de blé semé et celle de
blé récolté ?

Réponse : On récolte dans la dite municipalité peu
de froment, encore n'est-il que de seconde qualité. Du blé
seigle, blé sarrazin, peu d'orge et de petite avoine, quant à la
proportion elle est de 1 à 3. La raison est assez sensible, le pays
étant très coupé de montagnes qui rendent la culture pénible et
très difficile. Les moindres pluies qui proviennent enlèvent l'en-
grais et souvent la semence, donc il ne peut pas produire beaucoup.

3º Les ressources particulières en fruits, vin, châtaignes,
glands, noix, graisses huileuses, légumes, chanvre, bois taillis
et de haute futaie

Réponse : La seule ressource comme dans presque
tout le Limousin était la châtaigne, mais l'hiver de 1788
à 1789 en a fait périr (sic) dans cette paroisse au moins la moitié
ainsi que le peu de noyers qui y étaient. La grêle du 19 juin 1789
a presque enlevé la récolte de l'autre moitié, au moins pour quatre
ou cinq ans, ce qui fait que la dite paroisse est obligée de se nour-
rir et de payer des tailles dont elle est surchargée sans autre ressource que celle du peu de grains qu'elle récolte. Pour les glands
il y a plus de dix ans que les chênes n'en produisent pas.

Il n'y a point à proprement parler de vignes. Pour deux métairies qui ne produisent pas dix pots de vin par année, on ne doit et ne peut regarder ce pays comme vignoble. On n'ensemence point de légumes, très peu de graines huileuses ainsi que de chanvre. Il n'y a point de bois taillis particuliers ni de haute futaie à l'exception d'une très mauvaise forêt appartenant au Roi qui coûte plus de frais qu'elle ne produit de revenus, très peu de bois ensemencés.

4° Le rapprochement ou l'éloignement des grandes routes, des foires et marchés ?

Réponse : On est éloigné de plus d'une lieue de la route de Bellac par le Breuillaufâ et d'une lieue et demi par Chamborêt en tirant une ligne droite pour le rapprochement de la ville de Limoges, car par les détours qu'on serait obligé de faire soit par les montagnes qui se rencontrent, soit par les propriétés des particuliers, il y aurait plus de deux lieues. On est à la distance de deux grandes lieues des foires et marchés. Il serait à désirer qu'on en établisse dans la dite municipalité se trouvant au centre soit de Bellac, soit d'Oradour, qui sont les endroits les plus voisins et de plus rapprochés des autres paroisses du canton.

5° Les diverses industries existant dans la dite municipalité ?

Réponse : Il n'y a d'autre industrie que celle des colons qui travaillent à leurs terres ».

Il est inutile d'insister sur les progrès énormes accomplis par l'agriculture en Limousin. Les réponses que nous venons de donner expliquent suffisamment l'état habituel de famine dans lequel vivait la population rurale à cette époque. Elles expliquent aussi par contre-coup les troubles nombreux qui éclatèrent dans notre province. Donnons sur ce point la copie de la lettre du procureur général syndic adressée aux municipalités en octobre 1790 :

« Messieurs, J'ai appris avec la plus vive douleur que les troubles qui avaient ravagé le département de la Corrèze paraissaient s'étendre dans celui de la Haute-Vienne, que les propriétés respectées jusqu'à présent n'étaient plus désormais sacrées, que dans plusieurs villes du département et notamment dans celle de Bellac, on avait affiché des placards qui tendaient à troubler la tranquillité publique et à armer les citoyens contre les citoyens. Des démarches de cette nature sont l'ouvrage des ennemis de la Constitution qui espèrent la faire haïr et détester en établissant l'anarchie et le despotisme qui en est la suite indispensable. Les mécontents sont déjà en grand nombre. On doit craindre de les augmenter en livrant le plus faible aux excès du plus fort. La liberté n'est que le droit de faire sous l'autorité de la loi tout ce que la loi n'a pas défendu ,mais jamais les lois ne doivent être plus respectées que dans un état libre. Ce n'est que l'oubli des lois, leur transgression et l'abus de la liberté qui a produit l'esclavage et le despotisme. Dans plusieurs paroisses, les habitants commencent à se livrer à des voies de fait qui peuvent avoir les conséquences les plus funestes. On a fait mains basses sur les bancs qui étaient dans les églises. On s'est cru autorisé à ces excès par les décrets de l'Assemblée Nationale que les perturbateurs de l'ordre ont interprété au gré de leur caprice. On n'a pas examiné si la concession de ces bancs était un attribut de justice ou si elle était la suite d'un contrat, d'une convention, ou si on avait fait à l'église un don, une concession, une dotation ou une édification. Cet examen préalable était pourtant d'une nécessité indispensable puisqu'en supprimant le banc, il fallait rendre la chose donnée à cette condition. Les premières notions de l'équité semblent dicter qu'on ne doit pas être privé et du prix et de la chose. Enfin, quelques causes qu'aient eu ces concessions, les décrets n'ont point permis de se faire justice par soi-même ni d'employer les voies de fait et de violence pour dépouiller les citoyens d'un droit dont ils jouissent sous la sauvegarde de la loi. L'Assemblée Nationale a multiplié les administrations et les juges afin que chaque individu puisse sans frais et sans déplacement obtenir une prompte justice. Contrevenir aux décrets faits par les représentans du peuple, mépriser les tribunaux administratifs ou judiciaires qu'elle a établis, dépouiller un citoyen par violence et voie de fait d'une propriété quelconque, c'est insulter à la majesté du peuple Français. Ces écarts peuvent avoir des suites funestes. Rappelons-nous que c'est par les bris des bancs qu'ont commencé dans la Corrèze les insurrections désastreuses qui coûtèrent la vie à tant de citoyens et qui ont divisé tant de cités faites pour s'aimer et s'estimer.

Il est de mon devoir de vous dénoncer ces excès qui pourraient vous causer des repentirs amers si votre sagesse prévoyante ne faisait de courageux efforts pour les prévenir. Le peuple est bon, on a toujours abusé de sa crédulité, c'est à nous qu'il a honoré de sa confiance à le prévenir contre la séduction, à lui faire reconnaître qu'on l'égare et qu'on le trompe. Vous êtes les gardiens de son indépendance, les agents de ses intérêts et les surveillants de sa félicité. Représentez-lui son devoir. Il rougira d'une erreur passagère et s'honorera d'une obéissance absolue aux décrets de ses représentants ».

Signé : Dumas,

Suit la proclamation du Directoire :

« Invitant tous les citoyens à l'obéissance et à la soumission aux lois et aux décrets.

Déclarant que nul n'a le droit de se faire justice à soi-même, qu'aucun motif ne dispense de recourir aux tribunaux pour l'obtenir.

Que les bancs dans les églises, dans les chapelles et autres de cette nature sont comme toutes les propriétés sous la protection immédiate de la loi.

Que nul ne peut être dépouillé par voie de fait sauf aux municipalités à se pourvoir devers les tribunaux contre ceux qui les possèdent sans titre légitime, ou dont le titre est anéanti par les décrets de l'Assemblée Nationale.

Que les municipalités doivent s'opposer de tout leur pouvoir à ces violences, qu'elles doivent en conséquence éclairer tous les citoyens sur leurs véritables intérêts, employer la voix de la persuasion et de l'exhortation, les engager à se soumettre aux lois qui sont la base de la liberté.

Que dans le cas où ces moyens seraient impuissants elles doivent requérir les gardes nationales et la maréchaussée aux fins d'assurer la tranquillité publique.

Que tous placards séditieux ou attentatoires contre l'honneur, la propriété ou la sûreté des individus sont prohibés par les lois sous les peines les plus sévères.

Que dans le cas où de pareils excès viendraient à se renouveler le Directoire croira qu'il est de son devoir de charger le procureur général syndic de les dénoncer aux tribunaux judiciaires et de faire punir et poursuivre les coupables comme perturbateurs du repos public et suivant la rigueur des lois.

Que c'est à regret qu'il sera forcé de recourir à cette extrémité rigoureuse, mais qu'il serait blâmé par ses commettants s'il négligeait d'assurer leur repos et le maintien des lois.

Arrêté qu'à la diligence du procureur général syndic, la présente délibération sera imprimée et envoyée à toutes les municipalités du départemont pour y ètre publiée au prone de la messe paroissiale et affichée aux lieux accoutumés.

Fait et délibéré à Limoges le 1er octobre 1790.

Signé : Pétiniaud, président. Chaubry, Aubugeois, Génébrias, Garat, Maublanc, Faye, administrateurs. Jouhaud, secrétaire général (1).

La constitution civile du clergé avait été votée le 17 juin 1790. Le curé de la paroisse prête serment en ces termes et inscrit sur le registre la délibération suivante :

»Aujourd'hui treize février 1791, à l'issue de la messe paroissiale, sur la convocation du maire et officiers municipaux, toute la commune assemblée, M. Imbert, curé de Vaulry, s'est présenté pour se conformer à la loi qui ordonne que les évêques et curés prêteront le serment prescrit par les décrets de l'Assemblée Nationale des 12 et 24 juillet derniers à peine de déchéance de leurs offices, fait défense aux évêques et curés supprimés de s'immiscer dans aucune fonction sous telle peine qu'il appartiendra et la dite loi sanctionnée et acceptée par le roi en date du vingt-six décembre 1790. En conséquence le dit sieur curé a juré de veiller avec soin sur les fidèles de la paroisse qui lui est confiée, d'être fidèle à la Nation, à la Loi et au Roi, de maintenir de tout son pouvoir la constitution décrétée par l'Assemblée Nationale et acceptée par le Roi et a signé. »

Imbert avait donné sa démission de secrétaire-greffier de la commune faisant observer « que suivant la nouvelle organisation de la justice, le secrétaire-greffier est obligé de faire les fonctions des ci-devant huissiers et qu'il répugne que M. le curé de la paroisse, vu son état de pasteur, soit chargé de cette commission ». Il ne semble pas cependant qu'en cessant de porter le titre il ait résilié ses fonctions d'une manière effective. C'est Imbert qui parlant au nom de la municipalité illettrée remercie le dit sieur curé c'est-à-dire lui-même « de toutes ses peines et de son exactitude, en le priant de vouloir bien continuer ses soins et ses bontés ». Comment résister à une telle insistance quand on sait appliquer à sa propre personne des épithètes aussi louangeuses.

(1) Au sujet de l'organisation du directoire du département, de la biographie de ses membres et en particulier du procureur général Dumas, consulter Fray-Fournier, *Le département de la Haute-Vienne, son organisation et sa formation.* (Limoges, Charles-Lavauzelle, 1909, 2 vol.)

Imbert resta donc, au moins dans la coulisse, mais s'il trouvait non sans quelque raison, les fonctions d'huissier incompatibles avec son ministère, il entendait bénéficier de tous les avantages que lui offrait la nouvelle constitution du clergé. Ecoutons la singulière pétition qu'il transcrit sur son registre.

Requête de M. Imbert, curé de Vaulry, à MM. les administrateurs du Directoire du district de Bellac.

Je, J.-B. Imbert, curé de la paroisse de St Bonnet de Vaulry, a l'honneur de vous exposer, Messieurs, que par l'article X du 28 octobre dernier sur le décret du 18 du dit mois contenant les articles additionnels sur la constitution du clergé il est dit entr'autres choses que si les jardins des curés n'ont pas l'étendue d'un demi-arpent, ils sont autorisés à demander une quantité de terrain suffisante pour former un jardin de demi-arpent mesure du Roi. L'exposant se trouve dans le cas de cet article. Il possède un petit jardin qui n'est pas de l'étendue fixée par la loi. En conséquence il requiert qu'il vous plaise lui accorder la quantité de terrain nécessaire pour que son jardin ait un demi-arpent mesure du Roi. Vaulry 22 février 1791. »

Les administrateurs du district de Bellac s'empressèrent de retourner cette requête à la municipalité de Vaulry. Celle-ci désigna un arpenteur juré, le Sr Bardet de la Roche, qui dressa procès-verbal. Imbert obtint son demi-arpent, mesure du Roi.

En résumé, pendant cette première partie de la Révolution, la lecture du registre nous laisse voir le changement absolu qu'opère l'Assemblée Nationale Constituante au fond des campagnes dans l'ordre politique, judiciaire, religieux et financier. Notre registre reflète l'enthousiasme du début de la Révolution. Il est l'écho de la fête de la Fédération, l'écho aussi des querelles de clocher suscitées par la nouvelle organisation territoriale. Il relate les nombreux troubles qui sévissent dans notre région en 1789 et 1790.

Année 1791-92. — Assemblée Législative. — Nouveaux modes d'impôts. — Prestation de serment. — Biens d'émigrés. — Inventaire des objets du culte.

L'Assemblée législative ne dura qu'un an. Octobre 1791-septembre 1792. Il est intéressant de noter quels étaient les électeurs et comment on procédait aux opérations électorales.

« Aujourd'hui treize juin 1791, nous, Maire, officiers municipaux et conseil de la commune assemblés en notre lieu accoutumé
des séances sur la convocation du procureur de la commune pour
délibérer sur une lettre du district du 3 juin 1791 signé Lacroix
procureur syndic du district de Bellac, par laquelle il nous charge
de faire la liste des citoyens actifs électeurs et éligibles. afin de
choisir les électeurs qui doivent se rendre au département pour
nommer les députés à la nouvelle législature. Les dits citoyens
actifs doivent avoir 45 sols d'imposition. Le dépouillement du rôle
ayant été fait, nous avons nommé et nommons pour citoyens
actifs électeurs et éligibles les citoyens suivants :

Suit la liste par villages comprenant 137 noms. Le premier est
celui de J.-B. Imbert curé de Vaulry, viennent ensuite ceux de
MM. Henri de Marsanges-Vaulry, de Marsanges et de Marsanges
chevalier de Malte. L'histoire de la famille de Marsanges est intimement liée à celle de Vaulry. On retrouve ce nom sur les actes
les plus anciens. A l'époque où nous sommes arrivés, les hommes
émigrèrent, ce qui explique le qualificatif « absent » que nous lisons
en face des trois noms cités plus haut ; mais il resta au château de
Vaulry deux femmes, Madame de Marsanges la mère, née Beaupoil de St Aulaire, sa belle-fille, Madame de Maumigny Marsanges (1) et un jeune enfant de cette dernière âgé de sept ans.
Nous verrons ce qu'il advint de ces personnes au cours de la Révolution.

Imbert note avec soin la formule du serment que sur l'ordre
des administrateurs du Directoire du département, la municipalité
fait prêter à tous les citoyens assemblés (24 juillet 1791).

« Je promets et je jure sur ma conscience et mon honneur de
maintenir de tout mon pouvoir la constitution civile décrétée
par l'Assemblée Nationale et acceptée par le Roi, de sacrifier
mes biens et même ma vie s'il le faut pour le maintien de cette
constitution, de dévoiler tous ses ennemis, de vivre libre ou de
mourir, de respecter les personnes et les propriétés individuelles,
même d'employer tout mon pouvoir contre ceux qui y attenteraient, de prêter main forte à la loi sur la réquisition des mu-

---

(1) Nous avons retrouvé dans un document révolutionnaire le signalement de Mᵐᵉ Maumigny de Marsanges, âgée d'environ vingt-six ans, taille
quatre pieds huit pouces, figure ronde et marquée de petite vérole, cheveux blonds cendrés, yeux bruns, nez un peu gros, bouche assez ronde.
menton et visage ronds,

nicipalités ou des corps administratifs, de reconnaître ces corps dans toutes les circonstances, en conséquence d'obéir aux officiers et sous-officiers militaires dès que je serai dans les rangs, de ne quitter mon drapeau qu'à la mort. Si je contreviens à ces obligations, je consens à perdre l'estime et l'amitié de mes concitoyens et à être déclaré indigne du nom français...... »

La question fiscale joue un grand rôle. Nombreuses étaient les difficultés causées aux municipalités par les impôts ex'orbitants de toute nature qui pesaient sur des populations fort malheureuses. Nous lisons à plusieurs reprises des réclamations et des discussions amenées par les collecteurs d'impôts. L'établissement des contributions foncières et mobilières soigneusement notées sur le registre apporte des renseignements intéressants qui nous entraîneraient un peu en dehors du cadre que nous avons choisi. Nous nous contenterons de les signaler et de reproduire la circulaire inédite suivante adressée par le Directoire de Bellac. On pourra utilement comparer cette missive à la lettre sur le même sujet écrite par M. de Nantiat à M. de Laipaud, lettre signalée par M. Leroux et publiée par M. Fray-Fournier.

MM. les Administrateurs du Directoire de Bellac à MM. les officiers municipaux de Vaulry (31 octobre 1791).

» MM. Nous avons l'honneur de vous adresser : 1º le mandement de l'imposition foncière que doit supporter votre paroisse. 2º le papier nécessaire pour la matrice de votre rôle. 3º un état à remplir pour les charges locales de votre municipalité. 4º le mandement de l'imposition mobilière de votre paroisse. 5º la formule de déclaration pour la contributin mobilière. 6º le papier nécessaire pour la matrice du rôle de la contribution mobilière. Ne perdez pas de temps, Messieurs, pour vous occuper de toutes les opérations préliminaires et indispensables. Commencez par remplir l'état des charges particulières à votre municipalité. N'y comprenez que ce qui vous est indispensablement nécessaire et envoyez-nous cet état sur le champ pour le faire homologuer au département. Travaillez de suite à la matrice de votre rôle, vous devez avoir fait vos estimations. Il est facile de les rapporter sur les nouvelles feuilles. La municipalité de St Sylvestre nous a envoyé la matrice de son rôle avant d'avoir reçu notre mandement. Nous rendons ce témoignage authentique à sa vigilance et à son exactitude. Aussitôt la présente reçue, nous ferons publier au bail à rabais pendant trois dimanches consécutifs la levée de l'imposition foncière. Le premier jour nous recevrons les enchères telles qu'elles se trouvent, le second dimanche les enchères pourront se porter jusqu'à un sol par livre de la contribution foncière, et le troisième dimanche jusqu'à 15 deniers. S'il ne se présente personne la municipalié la fera lever à ce dernier prix et en sera chargée. Nous aimons à croire qu'on n'en viendra pas à cette extrémité, que l'adjudication se fera à six ou sept deniers, attendu que sous l'ancien régime il se trouvait des collecteurs préposés à raison de six deniers. L'adjudicataire sera tenu de donner bonne et suffisante caution résidente dans le district et qui sera reçue par la municipalité et fera sa recette les jours de dimanche et fête dans le lieu et aux heures indiquées par la municipalité. Il se conformera à tout ce qui est prescrit par les décrets de l'Assemblée Nationale. Celui qui sera chargé de l'imposition foncière, le sera aussi de l'imposition mobilière, mais il se retiendra sur ce dernier rôle trois deniers pour livre de recouvrement, conformément aux articles 44 et 46 du titre 5 du décret du 13 janvier dernier. Il lèvera aussi le second tiers de la contribution patriotique dans le cas où le collecteur de 1790 ne l'aurait pas levé. Il lui sera accordé deux deniers pour livre.

Comparez, Messieurs, l'augmentation que votre paroisse doit supporter avec les dîmes supprimées, la retenue du cinquième sur les rentes, la diminution sur le sel et sur le tabac. Vous jugerez si l'augmentation excède les suppressions. Vous vous apercevrez que dès cette année même vous commencerez à profiter des avantages de la Révolution. Cependant la première (année) doit être la plus forte en impositions. L'Assemblée Nationale a décrété l'impôt de 1792; il y a une diminution de six millions sur l'imposition mobilière, elle diminuera successivement tous les ans et nous ne croyons rien prendre sur nous, en assurant que dans quatre ans au plus, nous aurons les dîmes franches, mais dans le temps où nos ennemis se montrent avec audace, la nation est obligée de faire des dépenses pour repousser leurs téméraires efforts. Nous devons aussi vous prévenir que sur les représentations faites par le département de la Haute-Vienne qu'il était trop chargé d'impositions, il a obtenu un dégrèvement de 346 mille livres. On s'occupe en ce moment de faire la répartition entre les districts. Lorsque nous saurons le montant de ce qui vous est attribué nous vous ferons connaître ce qui pourra se trouver à votre avantage.

Renouvelez, MM., tous vos efforts pour achever le travail que nous vous demandons. Vous savez que l'impôt est le soutien de l'Etat. La moindre interruption nous replongerait dans des désordres plus affreux que ceux dont nous sommes délivrés. Nous sommes convaincus de votre patriotisme et de votre zèle pour la chose publique. Vous allez vous empresser à en donner de nouvelles preuves. Si quelqu'un de vous se trouvait embarrassé pour l'exécution des différents articles que nous vous adressons, veuillez nous en prévenir et nous ferons ce qui dépendra de nous pour aplanir les difficultés. Lisez attentivement la 17e page de l'instruction de l'Assemblée Nationale sur la contribution foncière ».

Signé : Les administrateurs du district de Bellac : Robineau, Roux, Lacroix, Raffard, Lacroix. procureur syndic, Charreyron, secrétaire.

Suivent les mandements « de par la Loi et le Roi » établissant la part contributive de Vaulry pour l'année 1791. Cet impôt se monte pour le foncier à 5.650 livres et pour la contribution mobilière à 1.361 livres 4 sols 3 deniers. Les deux cotes les plus élevées sont : De Marsanges 288 livres, et Labastide de Chateaumorand 137.

Donnons dans le même ordre d'idées l'état total des dépenses de la municipalité de Vaulry pour cette même année 1791.

Entretien et réparation du presbytère .... 130 livres
Loyer du lieu ordinaire des sèances 24
Appointements du secrétaire greffier 200
Fourniture de papier, bois, lumière 36
Traitement du maître d'école (Il n'y en a pas cette année).
Traitement au receveur de la communauté pour la perception de la contribution foncière............. 72
Deniers additionnels pour la perception de la contribution mobilière............................. 23 10

La dépense totale s'élève à la somme de 505 livres 10 deniers. Comme suite à l'arrêté du Directoire, pendant trois dimanches consécutifs eurent lieu les enchères du bail à rabais pour le recouvrement du rôle de la contribution foncière. Il y eut d'abord adjudicataire à 300 livres, le 2e dimanche à 180, le 3e à 95 livres seulement. Ce fut Imbert qui fut proclamé adjudicataire et le maire accepta d'être sa caution.

Le 13 novembre 1791, la municipalité est renouvelée avec les formalités ordinaires : Nomination d'un président pour diriger les débats (c'est toujours Imbert), d'un secrétaire et de scrutateurs; proclamation du maire, des officiers municipaux, du procureur syndic et des notables, enfin prestation de serment de fidélité à la Nation, à la Loi et au Roi. Nous retrouvons à peu d'exceptions près les mêmes noms qu'en 1790. A peine installée, la nouvelle municipalité non contente de s'occuper des affaires communales rend également la justice, justice assez douce du reste étant donné la gravité de la cause.

« Aujourd'hui 22 novembre 1791, nous, officiers municipaux assemblés extraordinairement : Ouï la pétition de Jean Gourinat, lequel se serait plaint que le nommé Pierre Peyron, soit disant venant de St Junien et ayant fixé son domicile dans le bourg de Vaulry pour y exercer le métier de tailleur d'habits, il *(sic)* l'aurait appelé chez lui pour y travailler et que lui, Jean Gourinat, vaquant à ses occupations journalières, aurait laissé seul le dit Peyron dans sa maison; que dans cet intervalle il lui aurait pris la somme de 213 livres en or et qu'il demandait justice du vol fait chez lui. Ayant pris en considération la dite pétition, avons sur le champ envoyé chercher Pierre Peyron, lequel s'étant rendu à notre sommation après l'avoir interrogé sur le dit vol et après quelques tergiversations a répondu et confessé le dit vol. Nous étant transporté accompagné des officiers municipaux dans l'endroit où il avait caché la dite somme, il l'a remise en notre présence entre les mains de Jean Gourinat, et comme le dit Peyron était hors d'état d'être condamné à une amende pécuniaire, lui avons enjoint que sous deux fois vingt-quatre heures il n'eût qu'à sortir de la paroisse sauf en cas de désobéissance d'agir contre lui suivant la rigueur des lois. De tout quoi lui ayant fait lecture du présent arrêté y a persisté et « déclaré s'y conformer ».

Le 22 juillet 1792, la Convention n'est pas encore proclamée, elle ne le sera que dans deux mois (21 septembre); mais on sent à la lecture du registre que nous commençons à entrer dans la période vraiment révolutionnaire. Désormais le ton va changer. S'il est encore question de messe ou de paroisse, ce ne sera pas pour longtemps.

« 22 juillet 1792, nous maire et officiers municipaux, prenant en considération la lettre de MM. les administrateurs du Directoire du district, Signé Tramond, président, et Charreyron secrétaire, avons arrêté de nous tenir en permanence tant que la patrie est en danger ».

Le 29 juillet, lecture est faite à la commune assemblée de l'arrêté par lequel les citoyens doivent faire la déclaration et la remise de leurs armes et munitions. On peut se rendre compte par l'énumération, qu'à la campagne déjà, presque tous les habitants étaient armés. Imbert, curé, déclare posséder une mauvaise canne à épée, une paire de pistolets de poche, un quart de poudre et environ une douzaine de bâle *(sic)* pour ses pistolets... Madame de Marsanges, cinq fusils de chasse sans munitions, deux mauvaises épées dont une grande et une petite.... Pierre Doumezi maire, un fusil de chasse, un quart de poudre, demi-livre de plomb et une mauvaise épée.... Pierre Gravelat, un fusil de chasse, un demi paquet de poudre..... Gaspard Leduc, une pique.... Madame Joubert de la Bastide de Chateaumorand, trois fusils un paquet de poudre, un quarteron de plomb et une mauvaise bayonnette. En résumé plus de soixante déclarations sont faites et en face de l'énumération des armes est inscrite la mention (remis).

De nombreuses pétitions sont dressées pour demander des dégrèvements d'impôts. Elles figurent toutes au registre. Nombreuses aussi sont les réclamations des cultivateurs s'efforçant d'obtenir des indemnités en cas de perte ou de mortalité de bétail. Ces demandes souvent admises après enquêtes régulièrement faites sont envoyées aux administrateurs du Directoire du district de Bellac, puis transmises au département. Voici quelques prix indiquant la valeur du bétail. Jean Gourinat réclame pour un veau estimé 24 francs. Antoine Lachaume, une vache 70 fr. Louis Lachaume, une vache 60 fr. François Grasset, une génisse 24 fr.

Une des premières mesures de la Convention a trait au serment. Remarquons que dans la nouvelle formule il n'est plus question ni de la Loi ni du Roi. « Aujourd'hui 30 septembre 1792, l'an quatrième de la liberté et le premier de la République, Nous...... en permanence, sur la pétition du sieur curé de la commune lequel nous a requis de prêter en notre présence le serment de la liberté et de l'égalité prescrits aux fonctionnaires publics suivant la loi des 14 et 15 août présente année, l'avons admis à la prestation du serment et lui avons accordé acte de sa pétition et sur le champ nous maire, officiers municipaux, sur la réquisition du procureur de la commune avons prêté le serment d'êtres fidèles à la Nation, de maintenir la liberté et l'égalité ou de mourir en la défendant et avons signé... »

Inventaire très détaillé est dressé le 18 octobre 1792 des meubles effets et ustensiles en or et en argent employés au service du culte. Le 26 novembre la municipalité prévient le district de Bellac qu'elle a fait poser la première affiche proclamant la confiscation des biens des émigrés en avertissant publiquement les citoyens qu'à compter de ce jour tout créancier d'émigré doit faire sa déclaration au secrétariat du district et y déposer ses titres à peine d'être déchu de sa créance. « Nous déclarons également que le détail suivant comprend tous les biens fonds généralement quelconques appartenant à des émigrés situés dans notre commune et qui consistent savoir : « à MM. de Marsanges de Vaulry demeurant au présent bourg, une réserve consistant en maison de maître, jardins, granges, prés, pacages, terres labourables, bois châtaigniers, bois semis, quatre poulains et une jument, deux bœufs, cinq vaches avec leurs suites, deux brèles, et quatre petits cochons, un moulin et six domaines dont suit l'énumération. Le tout séquestré entre les mains des citoyennes Thérèse Beaupoil de St Aulaire, veuve Marsanges et Charlotte Pauline Maumigny de Marsanges ».

Des élections ont lieu à la fin de l'année le 3 décembre pour renouveler la municipalité. Elles se font suivant le cérémonial ordinaire, mais en plus du maire, des officiers municipaux et du procureur, on nomme un conseil général de la commune qui remplacera les notables, l'appellation semblant probablement démodée. On nomme également un officier public, ce sera le curé Imbert qui déclare accepter la dite place « désirant toujours être utile à la commune ». En effet le nouveau maire Martial Gravelat ne sait signer, seul le procureur de la commune Guillot tient la plume et encore combien difficilement. On comprend donc pour la municipalité la nécessité de ne pas se séparer de son curé qui est, lisons-nous plus loin « le seul capable de nous conduire dans nos délibérations ». N'oublions pas que toutes les écritures, correspondances, délibérations, sont faites par Imbert et lui seul. Les appellations sonores de conseil général, procureur, officiers municipaux recouvrent des paysans généralement illettrés, incapables de se reconnaître dans un ordre de chose encore trop nouveau. Imbert qui sera du reste nommé bientôt agent national va donc continuer à remplir à lui seul les fonctions municipales. Après l'installation des nouveaux élus il note : « Avons ensuite inventorié les registres des baptêmes, mariages et sépultures et avons trouvé qu'il était depuis 1643, en assez mauvais état, jusques et y compris 1792, et il signe. Imbert, officier public. »

Années 1793-94. — Levées de volontaires. — Certificats de civisme et de résidence. — La terreur au village. — Les réquisitions. — La disette.

Nous arrivons ainsi en 1793. Un vent de tempête souffle sur la France et en même temps s'accumulent les ordres, bulletins, décrets émanant de la Convention et transmis par Limoges et Bellac. La municipalité qui s'est de nouveau déclarée en permanence ne reste pas inactive. Il ne se passe guère de semaines, de jours sans qu'il n'y ait quelque réunion hâtive et fiévreuse. Imbert, rien que pour l'année 1793, inscrit sur son registre plus de trente pages de son écriture la plus serrée (1). C'est de beaucoup l'année nous fournissant le plus de documents. Parmi ceux offrant un certain intérêt notons d'abord la deuxième, puis la troisième et dernière publication concernant les biens d'émigrés. Vient ensuite la lettre suivante d'un commissaire concernant les levées d'hommes à envoyer à l'ennemi.

Breuillaufâ, 12 mars 1793, an second de la République.

« Citoyens, je vous préviens que je me rendrai demain matin à dix heures à Vaulry pour assister à l'assemblée de votre commune que je vous prie de convoquer pour cette heure, afin de procéder à la levée de neuf hommes qui se trouve le contingent que doit fournir la commune de Vaulry suivant la distribution qui en a été faite pour chaque commune par le district de Bellac par son arrêté du 3 du présent mois. J'espère que vous mettrez tout le zèle que mérite de votre part une pareille opération et que vos jeunes citoyens s'empresseront à voler au secours de la patrie. N'oubliez donc pas de prévenir tous les citoyens de votre commune de se rendre demain à dix heures du matin. Vous n'ignorez pas, suivant la loi du 24 février, que nul citoyen ne peut se dispenser d'assister à cette assemblée. »

Le commissaire pour le recrutement de la levée du canton de Cieux. Signé : Peyrot de Magenest.

---

(1) La Commune de Vaulry possède un second registre de la période révolutionnaire. Il ne contient pas de délibérations, mais uniquement, et toujours écrits de la main d'Imbert, les principaux réglements, décrets et lois élaborés par la Constituante, l'Assemblée Législative et la Convention. ᒧ ᒣ

Cette lettre fut extrêmement mal accueillie. Déjà lorsqu'on avait donné lecture des décrets tendant à établir la liste des citoyens depuis l'âge de dix-huit ans jusqu'à quarante, le tollé avait été général. Les officiers municipaux furent violemment interpellés, menacés même. Les habitants se retirèrent en protestant et en déclarant qu'ils ne se rendraient pas au jour indiqué. On arriva cependant, non sans peine, à dresser le tableau comprenant 39 noms et le sort désigna le contingent des 9 soldats volontaires. Mais, nouvelle complication, plusieurs hommes durent être remplacés par défaut de taille, il fallut tout recommencer, procéder à un nouvel appel, à un second tirage au sort « Sur le champ avons fait avertir tous les citoyens depuis l'âge de dix-huit jusqu'à quarante ans, non mariés et veufs sans enfants, et leur ayant expliqué le motif de la convocation ils nous ont observé que le sort en ayant décidé, ils se croyaient en règle et protestaient contre les dires du procureur de la commune et ce, avec des paroles et des gestes menaçants, entr'autres Léonard Dupuy, lequel nous aurait dit avec les plus vives menaces qu'il n'y avait que les riches qui se tiraient d'affaire et que la municipalité jetait tout sur les pauvres pour les chasser de leur territoire et avoir leurs biens, ajoutant des paroles injurieuses et menaces d'attenter à notre vie ». Sur ce, « Ouï le procureur de la commune avons arrêté que Léonard Dupuy sera mandé à la municipalité pour entendre les plaintes qu'on a à faire principalement contre lui et que pour le punir on nommait son fils comme soldat volontaire ».

Cette manière, pour se venger des injures du père d'envoyer le fils aux armées, semblerait de nos jours singulièrement arbitraire. Il est à croire, qu'en ce qui concerne les levées d'hommes les municipalités avaient un pouvoir quelque peu discrétionnaire. En présence du mauvais vouloir et des protestations que nous retrouvons à maintes reprises, faut-il donc conclure, du moins en ce qui concerne notre localité de Vaulry, à l'inanité de la légende des volontaires de la République. Ce serait une profonde erreur, car, lisons cette délibération qui n'est postérieure que de quelques mois. Ne semble-t-elle pas un écho fidèle du patriotisme enflammé de la Convention.

« Aujourd'hui 9 mai 1793, an second de la République Française, nous Maire, officiers municipaux, procureur de la commune et conseil général en permanence : « Après la lecture de l'arrêté du département de la Haute-Vienne du 4 mai, les citoyens Guillaume Chatenet, Jean Gourinat et Pierre Nanot se sont décidés à voler au secours de la patrie ». Il y a lieu de croire simplement qu'au début la guerre fut mal vue et acceptée avec peine, mais que la lecture des nouvelles et des proclamations de la Convention ne tardèrent pas à échauffer l'esprit public et à susciter des volontaires contre la coalition étrangère.

En 1793, les certificats de résidence, de civisme et de non suspicion jouent un grand rôle. Ils sont soigneusement notés sur le registre. La première demande est adressée par Imbert qui prend et signe la délibération suivante : « Aujourd'hui 7 avril 1793 an second de la République Française, Nous maire, officiers municipaux, procureur et conseil général de la commune, assemblés dans le lieu de nos séances ordinaires : Lecture faite de lapétition du citoyen J.-B. Imbert, curé de la dite commune, lequel pour se conformer à la loi du 5 février dernier concernant le certificat de civisme des fonctionnaires publics nous aurait requis de lui accorder ledit certificat. Sur ce : Ouï le procureur de la communelequel nous aurait exposé que pour se mettre en règle il fallait procéder au scrutin à la pluralité des voix, ce qui ayant été fait il ne s'est trouvé personne contraire à la pétition du dit curé et le procureur de la commune ayant pris en considération cette unanimité de suffrages a conclu que le dit curé s'étant toujours comporté en vrai citoyen dans toutes les circonstances, le dit certificat ne pouvait lui être refusé ». En conséquence, nous..... etc. Suivent les noms et prénoms de tous les officiers municipaux accordant le certificat.

On ne sait vraiment ce que l'on doit le plus admirer : la facilité avec laquelle Imbert se décerne toujours ses propres éloges ou la prolixité de son style comme rédacteur. Jamais une formule n'est oubliée, jamais un nom ou une date ne sont mis en abrégé. Jamais enfin registre ne fut plus consciencieusement et plus compendieusement tenu. Ne nous en plaignons pas, car les pages suivantes présentent un bien vif intérêt. Pour ceux qui en feuilletant les vieux parchemins aiment à se remémorer l'époque où ils furent écrits, ils nous permettent parfois de revivre les heures tragiques de l'histoire.

Nous avons dit que les fils de Marsanges avaient émigré à la fin de 1790, ou au commencement de 1791. Leur mère âgée et infirme ainsi que sa belle fille accompagnée d'un jeune enfant étaient restées à Vaulry. Au moment de la confiscation des biens d'émigrés, les dames de Marsanges furent désignées comme gardiennes séquestre des terres de famille. Il ne semble pas que jusqu'en 1793, ni la population qui vivait en bons termes avec elles, ni la municipalité qui ne demandait qu'à fermer les yeux, leur aient suscité des difficultés, mais le 14 avril 1793, brusquement alors que nous n'avons trouvé jusqu'ici au nom de Marsanges que des réclamations en matière d'impôt, nous lisons la délibération suivante :

« Aujourd'hui 14 avril an second de la République en séance publique les citoyennes Gabrielle-Thérèse Beaupoil de St Aulaire, Charlotte-Pauline-Magdeleine Maumigny de Marsanges et Paul-Henry de Marsanges son fils, se sont présentés dans la salle de nos séances pour se mettre sous la sauvegarde de la commune, ce à quoi nous avons consenti et ont signé avec nous, l'enfant de la citoyenne Marsanges n'a pu signer à cause de son bas âge.

Signé : Beaupoil St Aulaire Vaulry, Charlotte Maumigny de Marsanges, Imbert secrétaire.

Que s'était-il passé ? des ordres plus sévères vis-à-vis des familles d'émigrés étaient-ils survenus ou quelques dénonciations s'étaient-elles produites ? Nous l'ignorons, toujours est-il qu'à partir de cette date les dames de Marsanges furent sinon prisonnières, du moins soumises à une surveillance de tous les instants. Obligées chaque jour de comparaître devant la municipalité, chaque jour aussi nous retrouvons leurs signatures sur le registre, et certes il est angoissant, en contemplant ces écritures, l'une tremblée et presqu'illisible, l'autre ferme et droite, de se demander quel pouvait être l'état d'âme de ces deux femmes seules avec un enfant au milieu d'une population devenue probablement hostile, sans communication avec l'extérieur et obligées de venir ainsi faire acte de présence quotidienne. Du 14 avril au 26 mai, nous retrouvons sur le registre les signatures avec la même mention toujours reproduite..... Aujourd'hui 1er mai 1793, an second de la République en la salle commune s'est présentée la citoyenne Maumigny Marsanges et a signé pour sa belle-mère infirme... Aujourd'hui 2 mai.... Aujourd'hui 3 mai..... et ainsi de suite jusqu'à la fin du mois où tout à coup sans explication les signatures ne paraissent plus. La surveillance sans doute se relâcha assez vite. Cependant, au mois de novembre 1794, nous lisons qu'un commissaire se présente chez la citoyenne Marsanges, et mention est faite de sa détention dans la maison qui lui sert de réclusion ». Ce passage nous indique clairement quelle était la situation créée à cette famille et l'état de surveillance dans laquelle elle vécut pendant de longs mois.

Il reste grandement à l'honneur d'Imbert en ces temps troublés, et il ne faut pas l'oublier, non seulement de n'avoir point cherché à attiser les passions révolutionnaires, mais d'avoir toujours au tant que cela lui était possible veillé à calmer les esprits. Imbert était le maître de la commune et dans cette commune il y avait une mère et des femmes d'émigrés. Il y avait les dames de Marsanges. Il y avait Madame de la Bastide de Chateaumorand qui cachait chez elle une religieuse. Imbert savait tout cela et cependant chaque fois qu'il s'agissait de délivrer un certificat de civisme ou de non suspicion, la municipalité l'accordait. On devine à l'instigation de qui. Il n'y eut donc à Vaulry ni sang versé, ni déportation, ni même arrestation grave. Si on était tenté de juger sévèrement un prêtre qui sut un peu trop, suivant l'expression élégante de Talleyrand, « se mettre à la disposition des événements », n'oublions ni l'époque où il vivait, ni les services qu'il rendit. Donnons les documents suivants qui corroborent ce que nous avançons.

5 mai 1793. « Pétition de la citoyenne Beaupoil St Aulaire, veuve Marsanges, par laquelle il appert qu'à cause de son grand âge et de ses infirmités elle requiert un délai afin de prendre des remèdes propres à rétablir sa santé ; que les dits remèdes ne peuvent être favorables qu'autant qu'ils sont pris en campagne, l'air étant plus sain. Sur ce, ouï les conclusions du procureur de la commune, avons arrêté que nous donnions notre consentement pourvu qu'il ne fut pas refusé par les citoyens administrateurs du district. »

15 septembre 1793. « Lecture faite de l'arrêté du comité de Salut public du département de la Haute-Vienne en date du 11 présent mois par lequel il appert, art. 2, que les pères, mères femmes et enfants des émigrés au-dessus de seize ans en arrestation doivent être conduits selon le même arrêté, les hommes au département et les femmes à Rochouard (sic). La citoyenne Marsanges de Vaulry se serait présentée par l'organe de François Baju lequel nous aurait exposé que selon le même arrêté on pouvait exempter (article 3) les personnes que les communes ne connaîtraient point suspectes, ni contraires à la Révolution. Sur ce, ouï, etc., etc..... avons arrêté que la citoyenne Marsanges de Vaulry ne nous avait jamais paru suspecte ni jamais parlé contre la Révolution pendant son domicile sur notre commune et

s'était toujours comportée en bonne citoyenne et républicaine. »
En conséquence lui accordons la présente attestation pour valoir
ce que de besoin et cela sous notre responsabilité et sous l'agrément
des citoyens administrateurs du district et du département ».

17 septembre. « Lecture à nous faite de la pétition de la citoyenne veuve Marsanges Vaulry, par laquelle il appert que quoique
mère d'émigrés elle ne semble pas être dans le cas de l'arrêté
du 11 du courant, soit à cause de son grand âge soit à cause de
ses infirmités continuelles, qu'elle peut attester par les différents certificats de ses médecins à nous exhibés, qu'elle ne croyait
point être en état de suspicion n'ayant jamais rien fait ni rien dit
contrairement aux lois existantes ; sur ce avons arrêté que la
citoyenne veuve Marsanges Vaulry ne nous avait jamais paru
suspecte ni parlé contre la Révolution et s'était toujours comportée malgré son grand âge en bonne citoyenne et véritable
républicaine (les trois derniers mots ont été biffés après coup sur
l'original).... En conséquence lui accordons la présente attestation de non suspicion pour valoir ce que de raison ».

Mêmes certificats concernant la citoyenne Jeanne Joubert
La Bastide de Chateaumorand, demeurant au village du Croizet
présente commune, ainsi que pour une ci-devant religieuse
qui accompagnait cette dernière.

Avec l'année 1793, apparaît le calendrier républicain. Il ne
sera plus question maintenant que de brumaire, de frimaire et
de nivôse. Imbert forme la société populaire de Vaulry (1) ; il
en prend la présidence. Pour l'instant la commune le suit har-
diment dans la voie révolutionnaire.

« Aujourd'hui 19 frimaire an second de la République (9 décembre 1793 vieux style), le citoyen Imbert, curé de Vaulry, nous aurait exposé que vu les circonstances actuelles et l'opinion publique,
il cessait dès ce moment ses fonctions sacerdotales et qu'à l'a-
venir il n'administrerait ni sacrements, ni 'n'offrirait plus le sacrifice ; qu'ayant toujours été très attaché et fidèle à remplir ses
obligations et les lois du gouvernement républicain, il ne voulait
point attirer sur lui ni sur la commune les désagréments de la
désobéissance, qu'en conséquence il lui fut accordé acte de sa
pétition. Sur ce, ouï, etc., etc..... l'avons prié de vouloir bien
continuer provisoirement à notre égard *tous ses conseils* et rem-

(1) Nous donnons les statuts et les délibérations de cette société à la
suite de cette étude.

plir les mêmes obligations qu'il a occupées avec tant de zèle et de fraternité. »

A cette même date la municipalité autorise les visites domiciliaires et conformément à l'arrêté ordonnant que les titres des droits féodaux supprimés seront déposés et brûlés, nomme un commissaire pour faire le vérification des dits titres se trouvant dans la commune. Comme l'ouvrage, dit la délibération, serait trop pénible pour un seul, on décide de nommer un second commissaire. Imbert réunit tous les suffrages. C'est encore la famille de Marsanges qui est visée mais elle se défend énergiquement de posséder quoi que ce soit.

« D'après la demande que vous m'avez faite, je vous expose que je n'ai jamais *vu* de titres concernant les dîmes, rentes et de noblesse. Etant absente lorsque mon cydevant beau-frère est parti, j'ignore s'il les a soustraits. Je vous fais la présente pétition afin que vous nommiez des commissaires pour faire une recherche exacte soit dans la maison que j'habite soit dans d'autres m'appartenant et que vous pourriez suspecter. Je suis aussi jalouse que vous, citoyens, de voir anéantir toutes les marques de féodalité et de vous convaincre des sentiments patriotiques qui m'ont toujours dirigée. Signé : Maumigny Marsanges ». Lettre à peu près identique de Madame de Marsanges mère. Elle est séparée de ses trois fils et leur a remis tout entre les mains. Elle était absente losque son fils aîné est parti ce qu'il fit sans la prévenir ; elle certifie n'avoir aucun titre ni papier excepté un vieux livre qu'elle a remis ».

La municipalité et les commissaires en furent pour leurs frais, après enquête et recherches, ces derniers déclarent n'avoir rien trouvé.

Il semble bien qu'à cette époque Imbert eût l'idée de quitter Vaulry. A plusieurs reprises il est question de sa démission et de son départ, mais ces projets furent sans doute indéfiniment ajournés car nous retrouvons sa signature sous toutes les délibérations alors qu'il paraît ne plus habiter la commune. Un successeur lui fut même désigné comme officier public, mais il n'entra jamais en fonction. Imbert profita de la circonstance pour se faire décerner un certificat de civisme des plus élogieux et continua à gouverner la commune.

10 nivôse. « Un membre aurait observé que par l'éloignement du citoyen Imbert ci-devant curé, le seul qui sut lire et écrire dans la commune, la dite commune se trouvait hors d'état de pouvoir

se mettre au courant de affaires, ce qui par conséquent pourrait entraver la marche ordinaire........ En conséquence il proposait de demander aux citoyens administrateurs du Directoire un citoyen en état de les diriger et conduire dans les circonstances actuelles ».

Au début de 1794, se conformant au décret du gouvernement révolutionnaire, on nomme le premier agent national qui va concentrer entre ses mains l'autorité municipale avec des pouvoirs plus étendus que ceux de l'ancien maire. Le premier titulaire fut le citoyen Guillot « dit la Liberté », mais il n'occupa ces fonctions que de nom. Nous voyons à la date du 26 ventôse an II, qu'un membre déclare que l'agent national étant malade « on ne peut rédiger aucun arrêté. On procède à la nomination de son successeur. Imbert accepte le titre provisoirement, il devait le conserver plus de dix ans.

Dans ces temps fiévreux la municipalité se réunit presque chaque jour. Il semble vraiment que chacun redouble d'efforts pour faire face aux périls de l'extérieur. Un peu par fraternité sans doute, beaucoup par crainte, on donne jusqu'à la dernière botte de paille et au dernier boisseau de blé.

« Requis les métayers pour conduire des grains à Bellac ».

« Arrêté qu'on écrirait à l'agent national du district concernant la réquisition d'ouvriers pour faire des baïonnettes ».

« Nomination de commissaires pour se rendre à Limoges auprès de l'instituteur pour l'exploitation et la fabrication du salpêtre ».

« Ecrit qu'il n'y a aucun signe de royauté sur les édifices de la commune, ni châteaux-forts, ni forteresse sujets à démolition ».

« Convocation pour une plantation d'arbre de la liberté ».

Tel est le bilan suffisamment rempli pour une seule séance et quelques jours après : « Nomination de commissaires dans chaque village pour inviter les citoyens à fournir du vieux linge requis par le comité de Salut public ».

« Réquisition des cendres et transport à la commune pour les mesurer et les inscrire ».

« Réquisition de vieux tonneaux, barriques et charrettes ».

« Affichage de la liste des émigrés »..........

Imbert suffit à tout : il n'y a pas d'instituteur dans la commune, il accepte cette charge nouvelle ; l'agent national Guillot meurt, il le remplace définitivement, et le 29 floréal an II, il prête serment « de maintenir de tout son pouvoir l'unité et l'indivisi-

bilité de la République Française ». Il donne son adhésion « aux
mémorables journées du trente-un mai et 1ᵉʳ juin dernier (vieux
style) » et jure de vivre libre ou de mourir à son poste » Point
à noter : s'il n'est pas question sur le registre des grands évène-
ments de la Terreur, si l'exécution de Louis XVI et celle de Marie-
Antoinette ne sont même pas signalées, en revanche l'adhésion
aux journées du 31 mai et 1ᵉʳ juin revient continuellement.
Ces journées, rappelons-le pour mémoire, sont celles qui mar-
quèrent la chûte complète du parti Girondin et qui mirent définitivement le pouvoir entre les mains des Montagnards. Nous
verrons à la fin de cette étude que chaque fois que la société
populaire se réunissait, elle ne manquait jamais de commémorer
ces deux dates. Disons dans ce même ordre d'idées que nous n'a-
vons relevé qu'une seule fois le nom de Robespierre, c'est à la
date du 22 prairial. « Aujourd'hui 22 prairial, an second, avons
fait lecture du rôle de la contribution foncière, 2° des décrets
de la Convention, 3° du maximum du district de Bellac, 4° de
l'instruction sur la fabrique du salpêtre, de plusieurs autres
lettres de l'administration ainsi que du rapport de « Robespierre »
« sur les idées religieuses et morales avec les principes républicains et sur les fêtes nationales ».

Imbert était l'agent national de Vaulry, mais il y avait aussi
l'agent national du district chargé d'aller de commune en commune
porter la parole révolutionnaire. C'était le citoyen Raffard qui
lors de son passage se faisait communiquer le registre et y ins-
crivait ses observations. Le dix fructidor il signe la note suivante :
« Le citoyen Raffard s'est présenté pour s'assurer par lui-même
si les lois révolutionnaires étaient exécutées dans cette commune
et pour y dénoncer un fait infiniment grave. Des malveillants,
des ennemis de la Patrie dans la commune de Chamborêt ont
vendu des grains à un prix exorbitant. Il vient dénoncer ce fait
et se présente à la commune pour lui demander la plus grande
surveillance à cet égard ; et pour les autres lois révolutionnaires
qu'il a expliquées il recommande de l'activité et une surveillance
active contre les ennemis de la patrie ». Raffard assistait même
aux séances de la municipalité : « Aujourd'hui 28 fructidor an II,
le citoyen Raffard nous a exposé avec la clarté et la précision
du vrai républicain combien nous devions mettre de zèle et d'activité à fournir de grains les marchés du canton, ainsi que le
contingent de 98 quintaux pour nos malheureux frères du département de la Creuse et la réquisition des bouviers charretiers

pour conduire les bois de marine »,. La municipalité s'empresse
d'acquiescer à toutes les demandes de Raffard ; elle le prie de
l'aider de ses lumières et de ses conseils et de lui donner « la
douce satisfaction de le voir au milieu d'elle le plus souvent possible pouvu toutefois que le bien public n'en souffre pas ».
Il est cependant facile de voir sous toute cette rhétorique que
l'agent du district est plus redouté qu'aimé et lorsqu'il s'enquiert
de l'état de l'opinion, Imbert s'empresse de lui dire qu'il n'y a
pas de malveillants, que l'on ne compte que des patriotes, que
dans la commune « personne ne s'est permis aucun mauvais
propos, que tous sont parfaitement tranquilles voulant observer
les lois ». Aussi bien peut-on dire que le régime de la Terreur
était subi, mais, qu'à part quelques exaltés, ce système de déla-
tion, de suspicion et surtout de réquisition était généralement
fort mal vu dans les campagnes. La réaction ne va pas tarder
à se produire ; mais avant d'aborder cette dernière partie de
notre tâche, disons un mot de la question des subsistances qui
joue un grand rôle en cette année 1793 et dont nous retrouvons
souvent l'écho sur notre registre.

Il y avait eu en Limousin une série de récoltes déplorables.
La famine se faisait sentir un peu partout. Limoges manquait
de pain et nous retrouverons dans les délibérations de la Société
populaire les appels désespérés de la ville de Bellac réclamant
également du pain. Les décrets de la Convention sur le « maximum » et contre les accapareurs n'avaient guère apporté de
remèdes à cet état de choses et créaient au commerce plus
d'entraves que de soulagement.

« Délibération du 8 septembre 1793. « Un membre a dit que
vu les circonstances critiques où la commune se trouvait à l'é-
gard du défaut de grains, il proposait de séquestrer tous les
grains dont les propriétaires pourraient se passer pour subvenir
aux besoins des pauvres ; qu'en conséquence il requérait que les
dits propriétaires, fermiers, régisseurs et métayers eussent à se
conformer au décret du 4 mai et à celui du 26 juillet contre les
accapareurs ». Comme conséquence, défense absolue d'enlever
les grains hors de la commune sans autorisation préalable et
nomination de commissaires faite le 17 septembre pour procéder
à une vérification générale des denrées dans chaque village ;
mais ces mesures ne sont pas considérées comme suffisantes, car
les administrateurs du district écrivent pour réclamer prompte-
ment non seulement le tableau des grains, mais encore celui des

pommes de terre, châtaignes, blé noir, sans oublier le miel et l'avoine et « en désignant leur poids ».

Les dénonciations étaient nombreuses et les moindres échanges amenaient des complications dont nous trouvons trace à chaque page.

« Aujourd'hui 5 ventôse an II de la République française une et indivisible, Nous Maire, officiers municipaux, conseil général de la commune dans le lieu de nos séances ordinaires avons requis les divers citoyens de ne point délivrer hors de la commune aucune espèce de grains sans au préalable en avoir demandé et reçu la permission ; en conséquence avons permis à J. Beau du village du Puyboureau d'échanger onze boisseaux de froment pour du seigle au citoyen Lavaud, de Peyrilhac. Pour l'avoine à nous demandée par la citoyenne Maumigny, l'avons autorisée à la vendre pourvu toutefois qu'il nous fût présenté une commission approuvée du département. Pour la livraison et le transport avons nommé deux commissaires pour en faire la vérification et assister à la livraison, crainte que sous prétexte de délivrer de l'avoine on ne fit sortir du grain et n'avoir aucun reproche à l'égard des citoyens de la présente commune ».

En même temps que la disette s'aggrave les réquisitions se succèdent :

« 25 brumaire an II. Lecture faite de la lettre à nous adressée par les citoyens administrateurs du district en date du 19 et reçue le 23 portant réquisition de la commune de Vaulry de 9.791 livres froment, seigle, baillarge et fèves pour les besoins urgents de nos frères de Limoges. La commune consultée a répondu que dans l'extrême pénurie où elle se trouvait elle était très vivement affligée de ne pouvoir remplir le contingent des dits grains, mais que cependant compatissant à la disette de leurs frères de Limoges, les uns et les autres s'étaient cotisés proportionnellement à leurs facultés et recensement fait il s'est trouvé 8.345 livres tant en seigle qu'en froment n'y ayant dans la commune ni baillarge ni fèves ».

« 23 nivôse. Réquisition à tous les citoyens propriétaires de bœufs de les conduire devant la maison commune pour choisir les six bœufs et les deux vaches requis par le district de Bellac ».

Réquisition impérative de l'avoine, Signé : Gay Vernon pour l'administration du département. On en remet 600 livres le sept ventôse.

« Réquisition à tous ceux qui ont des chevaux ou juments

de les conduire à la commune à 11 heures du matin pour en prendre le nombre, la taille et l'âge ».

« Réquisition de toutes les toiles, draps bleus, blancs, cravates, laines de toute couleur, chanvre, cuir, chapeaux, enfin tout ce qui peut servir à l'équipement demandé par la commission des subsistances pour les mille hommes d'infanterie et les cent de cavalerie qui sont sur le point de partir (trois ventôse an II) ».

« Réquisition des fers; fontes, poteries de fer, plaques de cheminée. » On réquisitionne même la cloche de l'église : « Aujourd'hui 20 nivôse (décembre 1793) Requis le citoyen François Granet métayer au Repaire, pour conduire au département la cloche de la commune ». Les objets servant au culte vont bientôt suivre le même chemin. On se contente pour le moment d'en faire l'inventaire sur la demande d'Imbert, qui demande vérification et décharge »,

« Ont été remis à la commune, un calice avec sa patène, une custode, un soleil et une petite custode pour la campagne, le tout d'argent avec une boite d'étain en forme de châsse où sont renfermées ordinairement les saintes huiles, deux burettes et un plat d'étain ; une chasuble rouge garnie d'or faux, une autre chasuble blanche avec une croix rouge, au milieu galon d'or faux, une chasuble blanche, avec croix en tapisserie, des aubes, des surplis, des nappes d'autel, des étoles, une mauvaise bannière, les dits ornements très usés.

Nous n'en finirions pas de relever toutes les réqusitions, mais comme même dans les temps les plus troublés, la gaieté française ne saurait perdre tout à fait ses droits, terminons par la reproduction intégrale de ce dernier texte qui fera sourire :

« Suivant l'arrêté du Comité de Salut public de la Convention Nationale du 22 germinal, tendant à mettre en réquisition tous les cochons existant dans la République, tant mâles que femelles âgés de plus de trois mois, avons nommé pour procéder au dit recensement..... (suivent les noms) aux fins de porter chacun selon leur arrondissement le recensement des dits cochons avant la fin de la prochaine décade ».

On ne réquisitionne pas du reste que les animaux ou les denrées. Tous les jeunes gens de 18 à 25 ans sont appelés. Si quelques-uns échappent, c'est par suite du défaut de taille. Il est particulièrement difficile de recruter les cavaliers, mais on trouve quand même un moyen expéditif de s'en procurer.

« 19 ventôse. Nous Maire, etc., etc.... Pour la réquisition extraordinaire d'un cavalier ayant la taille exigée par la loi du 22 juillet dernier, tous les citoyens âgés de 18 jusqu'à 40 ans s'étant assemblés, il ne s'en est trouvé que trois en état. Ayant décidé qu'on tirerait au billet le sort est tombé sur Etienne Lacau du village du Repaire, taille 5 pieds 2 pouces et quelques lignes, âgé de 21 ans ».

Comme fiche de consolation, on donne lecture à la commune de la loi du 26 pluviôse, relative aux indemnités de secours à accorder aux parents nécessiteux des soldats aux frontières. Cette loi est appliquée, et onze familles reçoivent des secours variant entre 60 et 10 livres. En même temps on décide qu'Imbert et Gravelat passeront chez tous les bons citoyens pour demander des bas et des chemises pour les défenseurs de la patrie. Les deux commissaires rapportent qu'au cours de leur mission il leur a été remis trente chemises, une paire de bas et d'autres linges pour faire de la charpie. Suivent les noms des donateurs et cette remarque touchante qu'on notifiera au district « combien la commune est sensiblement affligée de ne pouvoir offrir de don plus considérable ».

Après le neuf thermidor

Cependant le 9 thermidor est passé. Imbert il y a peu de temps fougueux montagnard, applaudit à la chûte de Robespierre.

« Aujourd'hui 15 nivôse an III (décembre 1794) un membre ayant exposé que le citoyen Clédel (1) représentant du peuple était si près de nous (sic), il proposait que le corps municipal se rendit auprès de lui à Bellac pour mettre entre ses mains le vœu de toute la commune pour le bonheur de la République. La proposition mise aux voix, il a été unanimement arrêté qu'on se rendrait auprès du citoyen Clédel et que notre agent national, au nom de tous, lui témoignerait la joie et la satisfaction de tous pour avoir fait succéder la justice et l'humanité à la terreur ».

---

(1) Clédel, conventionnel, député du Lot, en mission dans la Haute-Vienne et la Creuse Sur son rôle dans le département et ses proclamations aux habitants de Limoges, voir Fray-Fournier, *Le département de la Haute-Vienne, son organisation et sa formation.*

Cette délibération nous indique l'état d'esprit des habitants de la commune. La suivante nous montre que les décrets de la Convention continuaient cependant à être rigoureusement observés.

« Aujourd'hui 2 pluviôse an III, lecture faite du décret inséré dans le bulletin du 19 nivôse dernier portant que l'anniversaire de la juste punition du dernier roi des Français sera célébré le 2 pluviôse prochain correspondant au 21 janvier par toutes les communes de la République et par les armées de terre et de mer, avons arrêté que sur le champ on avertirait tous les citoyens de célébrer le dit anniversaire par la cessation de tous ouvrages et de se livrer à une joie grave et simple, ce qui a été exécuté au même instant (sic). »

La commune va maintenant remonter la pente qu'elle avait si rapidement descendue. Il serait intéressant de savoir si ce fut simplement à l'instigation d'Imbert ou si dans le voisinage la célébration du culte recommença aussi vite qu'à Vaulry.

« Aujourd'hui 10 messidor an III (juin 1794), lecture faite..... d'une lettre du procureur syndic du district concernant la loi relative à la célébration du culte dans les édifices originairement destinés à cet objet. Un membre s'est présenté et a dit que notre église n'avait point éprouvé le sort de bien d'autres qui avaient été dévastées, mais qu'ayant été obligé (sic) par les circonstances et suivant lss décrets de la Convention de renvoyer l'argenterie et les ornements ou objets destinés au culte catholique par la suspension du dit culte, il proposait d'inviter les citoyens de la commune de vouloir se porter à l'acquisition des divers objets nécessaires pour le dit culte; de plus inviter le citoyen Imbert ci-devant notre curé, de vouloir se conformer à la loi du 11 prairial an III. La proposition mise en délibération a été acceptée unanimement et tous les présents se sont empressés de montrer leur zèle et leur amour pour le rétablissement du culte. »

« Aujourd'hui 24 messidor an III, nous maire, officiers municipaux, conseil général de la commune en séance publique et tous les citoyens assemblés, lecture faite des nos 133, 134, 155, 156 du bulletin des lois, d'un arrêté du comité de législation relatif à l'explication de l'article 15 de la loi du 11 prairial concernant le libre exercice du culte, un membre aurait observé que les édifices étant remis à l'usage de la dite célébration dans l'état où ils se trouvent à charge de les réparer ainsi qu'on aviserait sans aucune contribution forcée, la municipalité, en présence de toute la commune devait dresser un procès-verbal des dégradations arrivées aux murailles et des effets qui se trouvaient dans l'édifice de notre commune. Avons décidé qu'on ferait sur le champ le dit procès-verbal ».

« Avons premièrement examiné que le mur de devant l'église menace totalement ruine et dessous la cloche il y avait un placard *(sic)* d'environ trois toises dont les pierres sont toutes tombées Les deux supports sont très mauvais. Les murs ont besoin en plusieurs endroits d'être réparés et recrépis. Le mur est lézardé du côté de la maison de la citoyenne Maumigny depuis le haut jusqu'au dessous des fenêtres. Les supports ont beaucoup dévié ce qui occasionnerait la chute totale du sanctuaire.

Etant entrés, avons trouvé que le mur de la voûte est fendu dans toute sa longueur. Dans la sacristie, tous les bois de la charpente ont pourri faute de couverture. Sur quoi un membre aurait observé que ce n'était pas étonnant, les cy-devant décimateurs n'ayant fait aucune réparation de leur temps, soit au sanctuaire soit à la sacristie. Dans l'église nous avons trouvé le maître autel assez en ordre, la chapelle de côté, de même. Dans la sacristie nous avons trouvé une armoire et un mauvais coffre. Dans l'armoire il ne s'est trouvé que le reliquaire, une croix dont le manche est de bois, une petite croix de cuivre, quatre mauvais chandeliers de bois, une sainte Vierge avec son habit, quatre tableaux dont un représentant la sainte Vierge et l'autre St Sébastien, le troisième St Jean-Baptiste et le quatrième St Roch. le tout en très mauvais état, plus un grand cadre où se trouve une image de Notre-Seigneur en croix qui se plaçait sur le bénitier de pierre. Les fonds baptismaux tels qu'ils étaient ainsi que la chaire avant la suppression du culte. »

Le même jour le citoyen Imbert a fait sa soumission ainsi qu'il suit et en a demandé acte :

« Aujourd'hui 24 messidor an III de la République Française une et indivisible, est comparu J.-B. Imbert, curé de notre commune, lequel a déclaré qu'il se propose d'exercer le ministère d'un culte connu sous la dénomination de culte catholique, apostolique et romain; a requis qu'il lui soit donné acte de sa soumission aux lois de la République. De laquelle déclaration donné acte conformément à la loi du 11 prairial an III, et a signé : Imbert, curé de Vaulry. »

C'est la première fois qu'Imbert reprend son titre de curé depuis le 12 février 1792, époque où il l'avait abandonné.

Imbert avait quitté ses fonctions sacerdotales en frimaire an II (novembre 1793). Il les reprend en messidor an III (juin 1795). Durant la période révolutionnaire, le culte fut donc en réalité supprimé à Vaulry pendant un peu moins de deux ans.

Ce n'était pas assez pour Imbert de reprendre ses anciennes fonctions. Il désirait une reconnaissance officielle. Il l'obtint après la promulgation du Concordat.

« Aujourd'hui 7 prairial an XI de la République Française (27 mai 1803) en la commune de Vaulry, canton de Nantiat, arrondissement de Bellac où nous Mounier curé du dit Nantiat nous sommes transporté, s'est présenté J.-B. Imbert qui nous a requis de le mettre en possession de l'église succursale du dit Vaulry en vertu de sa nomination canonique en date du 24 avril dernier. Signé : Marie - Jean - Philippe, évêque de Limoges, et sanctionné par le gouvernement, ensemble le procès-verbal dressé par le sous-préfet de Bellac en vertu de la loi du 18 germinal an X relative à l'organisation du culte. Toutes ces pièces à nous exhibées, avons reconnu que tout était en bonne règle ; en conséquence, obtempérant à la demande du Sr Imbert, nous nous sommes transporté à l'église parossiale de Vaulry accompagné des citoyens Benassis, adjoint, François Vignaud qui ont signé et plusieurs autres paroissiens qui s'étaient assemblés pour assister à la prise de possession. Le dit J.-B. Imbert s'étant présenté à la porte de l'église en habit long, revêtu d'un surplis et une étole sur le bras, nous lui avons mis la dite étole sur le col et l'avons introduit dans l'église de laquelle nous l'avons mis en possession en observant toutes les formalités requises en pareil cas. Ensuite de quoi avons annoncé à tous les paroissiens présents que le dit Imbert demeurait en possession réelle actuelle et corporelle de la dite succursale de Vaulry, qu'ils devaient le reconnaître et lui obéir comme à un pasteur canonique et légitime qui a droit de jouir des revenus, émoluments, honneurs et prérogatives y attachés. Après avoir fait lecture de la dite prise de possession, personne ne s'y étant opposé, nous avons clos et arrêté notre procès-verbal les jours mois et an que dessus et l'avons signé pour valoir et servir ce que de raison ».

Signé : Mounier, Vignaud, Benassis, Imbert.

Imbert ne devait pas jouir longtemps des « honneurs et prérogatives attachés à sa charge. Il mourait quelques mois plus tard et le préfet de la Haute-Vienne, Tixier-Olivier prenait le 13 brumaire an XII (octobre 1803) un arrêté au terme du quel

« Le citoyen Baju est nommé maire de la commune de Vaulry en remplacement du citoyen Imbert décédé (1) ».

Nous arrêtons ici la reproduction de ces extraits. Non point que nous ayons la prétention d'avoir tout dit et le chercheur consciencieux trouvera encore beaucoup à glaner dans la lecture de notre registre, mais l'époque que nous voulions étudier est bien finie. De la Révolution est sorti un monde nouveau ; ce monde, l'Administration directoriale, le Consulat, l'Empire vont le hiérarchiser et la commune ne sera bientôt plus qu'un tout petit rouage de la grande machine administrative. A ces lectures journalières des bulletins de la Convention où se multipliaient règlements, décrets et lois, à ces séances permanentes où l'on sentait passer comme un souffle des grands jours révolutionnaires, vont succéder les rapports sous-préfectoraux et les querelles de clocher. Aussi bien faut-il savoir se borner et nous estimerons-nous satisfait si cette étude peut contribuer à mieux faire connaître la petite patrie Limousine à laquelle nous rattachent de nombreux et lointains souvenirs.

A. MAURAT-BALLANGE.

(1) L'attestation suivante nous donne quelques renseignements sur le curé Imbert.

Du 20 pluviôse an III : Déclarons bien connatre et certifions que le citoyen Imbert né le 1er avril 1750 est vivant pour s'être présenté aujourd'hui devant nous ; qu'il réside en France sans interruption depuis le 9 mai 1792, certifions en outre qu'il nous a présenté sa quittance d'imposition mobilière de 1793, celle du dernier tiers de sa contribution patriotique et le certificat de son civisme. Le dit Imbert, taille d'environ 5 pieds, cheveux châtains, yeux bleus, visage rond. Les témoins ont déclaré ne savoir signer.

REGISTRE DE LA SOCIÉTÉ POPULAIRE

DE VAULRY

Aujourd'hui six du mois de Brumaire de l'an second de la République Française une et indivisible (27 octobre 1793 vieux style), Nous Maire, officiers municipaux, procureur et conseil général de la commune avons fait la lecture d'une lettre à nous adressée par le citoyen Lavaud, président de la Société populaire de Cieux dont la teneur suit :

Cieux ce 4e jour de la première décade du second mois de la seconde année de la République Française une et indivisible.

Citoyens,

En vertu de l'arrêté pris par notre société populaire en sa séance d'hier, je suis chargé d'écrire aux municipalités de notre canton aux fins de vous inviter à vous réunir en société populaire comme vous y avez été dèjà invités par une (lettre) qu'a dû vous écrire l'administration du district de Bellac, qui disait que la Convention a déclaré par un décret, art. 122, que la Constitution garantissait à tous les Français le droit de se réunir en société populaire. Il est également dit par un décret du 27 juillet dernier que seraient punis de mort (1) ceux qui empêcheraient les sociétés

---

(1) Nous avons eu la curiosité de rechercher ce décret supposant que la Société populaire de Cieux avait sciemment exagéré la pénalité. Nous ne nous étions pas trompé. Voici les deux principaux paragraphes du texte du décret de la Convention du 25 juillet 1793, décret portant des peines contre ceux qui « empêcheraient les Sociétés populaires de se réunir ou tenteraient de les dissoudre. »

ART. 1. — Toute autorité, tout individu qui se permettrait sous quelque prétexte que ce soit de porter obstacle à la réunion ou d'employer quelque moyen pour dissoudre les sociétés populaires seront poursuivis comme coupables d'attentats contre la liberté et punis comme tels.

ART. 2. — La peine contre les fonctionnaires publics qui se seraient rendus coupables de l'un ou de l'autre de ces délits est de *dix années de fer*.

ART. 3. — Les particuliers coupables des délits ci-dessus et ceux qui auraient donné l'ordre d'enlever les registres ou documents des sociétés populaires seront poursuivis et punis de *cinq ans de fer*.

de se réunir ou tenteraient de les dissoudre. En conséquence, comme on ne peut trop s'empresser de surveiller les ennemis du bien public, je crois donc que cette institution est le meilleur moyen pour éclairer nos frères, pour dévoiler et faire punir les coupables qui pourraient souiller le territoire de notre arrondissement. Au cas que dans notre commune il n'y eut pas un nombre suffisant de citoyens pour cette formation, vous pourrez au moins prendre parmi les plus zélés, deux commissaires chargés de correspondre avec nous. Je m'estimerais le plus heureux des hommes si je pouvais opérer cette jonction; car, c'est de la réunion de nos forces et de nos soins que doit résulter le bonheur commun et c'est par ces mesures que doivent trembler les tyrans et les despotes coalisés.

Salut, fraternité et persévérance.

MONTAZEAU, LAVAUD, président.

Lecture faite de la dite lettre, un membre de la municipalité a consulté l'assemblée pour savoir son intention; si elle voulait s'associer à la Société populaire de Cieux ou non. La proposition mise aux voix, l'affirmative a été adoptée à l'unanimité. Au même instant nous avons nommé pour commissaires les citoyens Imbert et Doumezi pour se transporter à Cieux et demander la dite affiliation.

Fait et clos les jours mois et an que dessus.

IMBERT, officier municipal, DOUMEZI, officier, BENASSY, BAJU, adjoint, GUILLOT, secrétaire.

Aujourd'hui onze du mois de brumaire de l'an second de la République Française une et indivisible, nous maire, officiers municipaux, procureur et conseil génral de la commune et tous les citoyens assemblés dans le lieu de nos séances ordinaires, les commissaires Imbert et Doumezi se sont présentés, lesquels ont exposé que les mêmes jours et an que dessus, ils s'étaient transportés à la Société populaire de Cieux selon leur commission en date du six du présent et que s'étant présentés à la dite société et ayant déposé sur le bureau le procès-perbal de leur nomination dont les membres de la dite société avaient fait lecture, il leur avait été répondu que conformément à un arrêté de leur règlement, il leur serait expédié copie du dit règlement aux fins qu'ils eussent à le communiquer aux citoyens de leur commune pour leur demander l'acceptation ou non du dit règlement et qu'ils eussent à leur notifier dans la prochaine séance le vœu de leur commune; que les dits Imbert et Doumezi avaient répondu que quoiqu'ils eussent le vœu de leurs commettants ils ne pouvaient pas répondre de l'acceptation du dit règlement, qu'ils en référeraient avec les citoyens de leur commune, et se sont retirés.

Nous Maire, officiers municipaux, procureur et conseil général de la commune, et tous les citoyens : ouï le rapport de nos deux commissaires députés à la société populaire de Cieux, ayant pris en considération les dires du procureur de la commune avons arrêté qu'on ferait lecture du règlement le treize de ce mois et qu'on répondrait dans la même séance à la dite société populaire de Cieux.

Fait, etc., etc...., mêmes signatures.

Aujourd'hui 13 du mois Brumaire de l'an second de la République Française une et indivisible et le 3 novembre mil sept cent quatre-vingt-treize, vieux style, nous maire, officiers municipaux, procureur et conseil général de la commune et tous les citoyens assemblés dans le lieu de nos séances ordinaires, suivant notre arrêté du 11, ouï la lecture du règlement de la société populaire de Cieux, un membre a observé que parmi les différents articles du dit règlement il se trouvait de grands obstacles, soit à cause de l'éloignement de Cieux pour se rendre à leurs séances, soit par l'intempérie de la saison où l'on se trouvait, soit par les dépenses qu'il faudrait faire nécessairement aux commissaires députés, soit pour les autres voyages d'assemblées extraordinaires auxquelles ils seraient obligés d'assister, il croyait qu'il serait plus avantageux d'établir dans la commune une société populaire, y étant même autorisé a-t-il ajouté par le décret du 27 juillet dernier ; la proposition ayant été mise en délibération a été adoptée à l'unanimité. Alors un membre par un élan de patriotisme s'est écrié : « eh bien, sans désemparer formons une société dans notre commune et nommons en présence de toute la commune un président, un vice-président, un secrétaire et un adjoint. » La salle a retenti tout d'un coup de bravo ! bravo ! et tout de suite s'étant occupé de la nomination des dits officiers, à la pluralité absolue des suffrages, le sort a désigné : pour président le citoyen Imbert, officier notable, pour vice-président le citoyen Doumezi, officier municipal, pour secrétaire le citoyen Guillot, procureur de la commune, et pour adjoint le citoyen Baju, secrétaire de la dite commune.

La nomination faite des susdits présidents, vice-président secrétaire et adjoint, se sont présentés plusieurs citoyens pour se faire inscrire pour membres de la dite société, et comme on était sur le point de se retirer, le président a exposé qu'une société ne pouvait exister sans un règlement quelconque, la commune l'a chargé ainsi que le vice-président de cette rédaction et qu'ils le communiqueraient à la prochaine séance.

Fait et clos les jours, mois et an que dessus.

Mêmes signatures.

Aujourd'hui vingt du mois Brumaire de l'an second de la République Française une et indivisible (10 novembre 1793 vieux style), nous président, vice-président, secrétaire et autres membres de la Société populaire assemblés dans le lieu de nos séances ordinaires et en séance publique : ouï la lecture du règlement à nous proposé et discussion faite des différents arrêtés l'avons adopté à l'unanimité ainsi qu'il suit :

Règlement de la Société populaire de la Commune de Vaulry.

Art. 1. Le Président, le vice-président, le secrétaire et son adjoint seront nommés tous les trois mois à la majorité absolue des suffrages. Le Président et le vice-président ne pourront être réélus qu'après deux mois.

Art. 2. Les citoyens qui voudront être admis dans la dite Société seront toujours présentés par un membre. On leur fera la lecture du dit règlement et s'ils persistent à être admis, leurs noms seront affichés à la porte commune pendant huit jours pour prendre des renseignements sur leur conduite.

Art. 3. Les huit jours expirés les citoyens inscrits passeront au scrutin épuratoire lequel sera sur le champ ouvert en leur présence. Ils seront tout de suite proclamés membres de la dite société, recevront l'accolade du président et n'auront voix délibérative qu'à la prochaine séance.

Art. 4. Pour être reçu il faut avoir les deux tiers des suffrages plus un. Le citoyen qui ne les aura pas ne pourra plus se faire inscrire que deux mois après.

Art. 5. Point de haine, d'animosité, de personnalité. Aucun citoyen ne pourra parler sans au préalable avoir obtenu la parole du président, ou vice-président en son absence. On ne pourra point interrompre le citoyen qui aura la parole, sous peine la première fois d'être interdit pendant toute la séance, pour la deuxième fois de sortir de l'assemblée et pour la troisième de n'être reçu dans son sein que quinzaine après.

Art. 6. On tiendra les séances de la société tous les dimanches après la messe. On y lira le bulletin et autres papiers nouvelles qu'on pourra se procurer. Les séances seront toujours publiques.

Art. 7. Tous les membres qui s'absenteront deux fois de suite sans cause raisonnable et jugée telle par la société en seront exclus pendant deux mois.

Art. 8. Ils dévoileront tous les complots écrits et projets liberticides qui parviendront à leur connaissance.

Art. 9. Tous les membres de la dite société lors de leur réception seront tenus de prêter les serments décrétés et acceptés par la Convention Nationale.

Art. 10. Ils jureront l'unité, l'indivisibilité de la République Française, haine aux tyrans, anarchistes, contre-révolutionnaires et fédéralistes.

Art. 11. Ils jureront individuellement qu'ils adhèrent aux mémorables journées des 31 mai, 1er et 2 juin dernier.

Art. 12. Ils feront prêter main forte à la loi. Ils respecteront et feront respecter les personnes et les propriétés.

Enfin les membres prendront en délibération le règlement supplémentaire qui sera présenté par un ou plusieurs membres et y sera ajouté après avoir été adopté.

Au même instant les citoyens inscrits ayant persisté après la dite lecture et voulant être admis, le scrutin épuratoire ayant été ouvert, les dits membres ayant réuni la majorité absolue ont été proclamés et ont reçu l'accolade du président. Sans désemparer le président Imbert, le vice-président Doumezi, Guillot secrétaire, Baju adjoint, Gravelat dit...... maire propriétaire au Gilardeau, Bureau officier municipal du village des Mats, Debelleix officier municipal de La Garde, Montazeau notable du présent bourg, Ducourtieux notable de La Garde, Lavaud dit Jugar de Rousset, Boutet du Puyboureau, Delatorinerie notable, Chatenet notable. Jacques Gourinat du Puyboureau notable, Bureau de Rousset, Dupuy, Masson père et fils de La Garde, Pierre Chatenet du bourg, tous propriétaires de la dite commune, Delalue, fermier au présent bourg, ont chacun individuellement prêté le serment qu'ils adhéraient aux mémorables journées des

31 mai, 1ᵉʳ et 2 juin dernier au milieu des acclamations de toute la commune.

Fait et clos les jours, mois et an que dessus.

Mêmes signatures.

Les jours mois et an que dessus se sont présentés pour être inscrits Grand, du Puyboureau, Vauzelle, de La Garde, Gravelat du bourg, Benassis du bourg, Peyrelade, de la Taurinerie, et Jean Patry, du moulin du Repaire, lesquels noms ont été affichés à la porte commune présentés par Imbert président.

Aujourd'hui 27 brumaire an second de la République Française une et indivisible, Nous président, vice-président et membres de la Société populaire assemblés dans le lieu de nos séances ordinaire et en séance publique sur la présentation qui fut faite le 20 du présent mois des citoyens jaloux d'être admis dans le sein de la dite société, lecture à eux faite du dit règlement et y ayant persisté, on a commencé le scrutin épuratoire; lequel, ouvert à l'effet de reconnaître les suffrages, Grand a obtenu l'unanimité. Les citoyens Valière, Vauzelle, Gravelat, Benassis, Peyrelade et Patry ayant obtenu le nombre des suffrages arrêtés par notre règlement, le président les a proclamés membres et ayant prêté les uns après les autres, le serment d'adhésion aux mémorables journées des 31 mai, 1ᵉʳ et 2 juin dernier, ils ont été admis à l'accolade au milieu des cris redoublés de Vive la Nation, Vive la Montagne....

Fait et clos les jours, mois et an que dessus.

Imbert président, Doumezi vice-président, Benassis, Guillot, secrétaire, Baju adjoint.

4 frimaire an second de la République une et indivisible. Un membre expose qu'il serait avantageux de nous réunir et affilier à quelque société plus éclairée qui fut portée de nous donner tous les renseignements nécessaires pour nous conduire dans les circonstances où la patrie se trouverait, qu'en conséquence il proposait de s'affilier à la société populaire du district. La Société consultée, la proposition fut mise aux voix et adoptée unanimement par tous les membres et avons nommé à l'unanimité les citoyens Imbert président et Doumezi vice-président pour commissaires députés à la dite société populaire du district pour se transporter à la dite société et lui offrir l'affiliation.

Mêmes signatures.

14 frimaire an II. La séance fut ouverte par la lecture du procès-verbal de la séance dernière et par la lecture des papiers nouvelles. Ensuite sur la proposition d'un membre il a été arrêté que Baju en qualité de commissaire se transporterait à Bellac pour remettre au citoyen Panissat les actes par lesquels la société sollicitait son affiliation à celle de Bellac. Le citoyen Baju s'acquitta de la commission. Il remit toutes les pièces au citoyen Panissat le 17 frimaire. On attend incessamment la réponse. Dans cette même séance, il fut arrêté qu'on célèbrerait au décadi prochain la fête de la Raison. Les citoyens Doumezi et Guillot furent nommés pour rédiger le plan de la cérémonie. Ils le dirigèrent du mieux possible ainsi qu'il suit.

Plan à observer pour la cérémonie de la fête de la Raison qui sera célébrée dans la commune de Vaury le trente décadi prochain ainsi qu'il suit :

La marche de la promenade civique sera ouverte par la musique militaire. Léonard Debelleix, de Rousset battra la caisse.

Viendra ensuite Léonard Benassis portant le drapeau tricolore ; après lui Jean Gourinat dit Massaud, du Puyboureau portant l'acte constitutionnel ; les enfants de Léonard Debelleix, du petit Puyboureau et de Jean Gravelat, de Lavergne porteront les rubans.

Viendra ensuite le corps municipal en écharpe, le maire, le procureur de la commune, Martin Granier et Jean Gourinat, officiers municipaux.

Après le corps municipal viendra Léonarde Chatenet, du Puyboureau représentant la Raison, vêtue de blanc, la tête surmontée du bonnet de la liberté. A sa droite Pierre Doumezi, vice-président de la société populaire et à sa gauche Catherine Vivier, mère de deux enfants aux frontières. Chacun d'eux portera une pique.

Devant elle quatre jeunes personnes vêtues de blanc porteront le flambeau de la Raison sur une table. Charlotte Gourinat, du Puyboureau, Catherine Gravelat, du bourg, Marie Guillot, de Lavergnière, Jeanne Lavaud, de Rousset.

Derrière la Raison viendra le corps de la société populaire sur deux lignes. Pierre Boutet, du Puyboureau portera l'écriteau *Vérité*. Le corps judiciaire composé de deux assesseurs et du greffier de la municipalité les suivront *(sic)*.

Le cortège sera fermé par Léonard Delalue, portant l'inscription *Egalité*, suivront deux musettes et une foule de citoyens et citoyennes.

Léonard Vallière commandera les jeunes gens de la première réquisition et les autres gardes nationales qui seront divisées sur deux lignes.

La cérémonie commencera entre neuf et dix ; en se rendant à la commune, chacun prendra la place désignée.

On sortira de la salle de la commune pour se rendre au temple de la Raison. Le tour de la promenade sera fixé avant le départ.

A la porte du temple sera attachée cette inscription : *Temple de la Raison*. Arrivés au temple les corps ci-dessus désignés prendront leur place dans l'ordre qui leur sera assigné.

La jeune citoyenne figurant la Raison se placera devant l'autel sur un fauteuil. Entre le *vétéran* et la *vétéranne (sic)* assis aussi devant elle, sera posé sur une table le flambeau de la Raison. Les quatre citoyennes se placeront aux quatre coins sur des chaises. Dès que le peuple sera entré et placé, les orateurs prononceront des discours analogues à cette cérémonie. Ils prendront pendant leurs discours le bonnet de la liberté.

Les discours étant prononcés on sortira du temple en se repliant pour se rendre dans la salle de la commune en suivant le même ordre autant que faire se pourra. Rendu à la dite salle le vice-président, le président étant malade, annoncera s'il y a quelque chose à dire. Avant de sortir du temple on chantera l'hymne des Marseillais. La cérémonie sera terminée par une danse autour de l'arbre de la Liberté et par une musique civique.

Il y aura séance à trois heures de relevée, après quoi chacun se retirera.

Mêmes signatures, sauf celle d'Imbert, président.

25 frimaire. La municipalité de Vaulry et la société populaire de la même commune s'étant réunies pour l'arrivée imprévue des citoyens Lagedumont et Lagudé, commissaires envoyés par la société populaire de Bellac aux fins de répandre les principes sacrés de la Révolution et de délivrer des préjugés dits religieux, les dits commissaires auxquels s'étaient adjoints les citoyens Lavaud et Imbert, membres de la société de Cieux ainsi qu'ils étaient autorisés par leur commission, présentèrent leurs diplômes et en demandèrent lecture dans le temple de la Raison. Ils applaudirent au civisme des corps municipaux, des membres de la société et d'autres habitants de la commune qui s'y étaient rendus en grand nombre.

Signature : IMBERT, commissaire adjoint.

30 frimaire. Cette séance a été consacrée à célébrer la fête de la Raison suivant le plan rédigé et approuvé par la société dans sa dernière séance, lequel a été exécuté avec ordre et décence.

En effet à dix heures précises les corps municipal, judiciaire et les membres de la société populaire ainsi que les jeunes gens de la première réquisition et plusieurs autres de la garde nationale en uniforme et sous les armes s'étant réunis dans le lieu ordinaire de nos séances en présence d'une foule immense de citoyens et de citoyennes, chacun s'est placé suivant l'ordre qui lui était désigné et à l'instant on s'est mis en marche ainsi qu'il suit.

La musique militaire ouvrait la marche de la promenade nationale; venait ensuite le citoyen Benassy portant l'enseigne tricolore; venait ensuite celui qui portait l'acte constitutionnel. Deux jeunes citoyens portaient les rubans. Le corps municipal en écharpe et le conseil général de la commune venaient ensuite. Au milieu de ce corps était porté l'écriteau sur lequel on lisait ce mot « *liberté* ». Venait ensuite la citoyenne représentant la Raison, habillée de blanc, la tête surmontée du bonnet de la liberté. A sa droite était le vice-président de la société et à sa gauche la mère de famille qui avait le plus grand nombre d'enfants sur les frontières. Chacun d'eux avait une pique à la main. La Raison était précédée de quatre citoyennes portant le feu sacré de la Raison. Elles étaient vêtues en blanc et chacune tenait une branche de laurier à la main. Derrière la Raison venait encore la société populaire au centre de laquelle était la porteuse du buste de Marat surmonté du bonnet de la liberté. Après eux venait le jeune citoyen qui portait l'inscription « *vérité* ». Immédiatement après ce corps venait le juge de paix et ses assesseurs et son greffier. Le cortège était fermé par le jeune...... portant l'écriteau « *égalité* ». Des citoyens et des citoyennes suivaient en grand nombre marchant avec gravité. Les jeunes gens de la première réquisition et un partie de la garde national sous les armes commandée par le citoyen Pallière, marchaient sur deux lignes avec le plus grand ordre possible; plusieurs députés de la société populaire de la commune de Cieux assistaient à cette fête sur l'invitation qui leur en avait été faite par celle de Vaulry. Le temps le plus pur et le plus serein annonçait au peuple le plaisir que semblait prendre le ciel à cette fête. Pendant la marche les musettes jouèrent plusieurs airs gais et patriotiques. Enfin on arrive au temple sur la porte duquel étaient inscrits les mots « *Temple de la Raison* ».

Chacun prit la place désignée. On dépose à la droite de l'autel l'enseigne tricolore et à la gauche l'acte constitutionnel. La Raison se place devant l'autel sur un fauteuil entre le vétéran et la vétérane *(sic)*. A son côté droit était la citoyenne qui avait porté le buste de Marat. Aux deux extrémités de l'autel furent posés les emblèmes de la Liberté, Vérité et Egalité, et devant la Raison brûlait le feu sacré qui avait été porté par les quatre jeunes citoyennes. Le peuple entré dans le temple est placé, les orateurs apôtres de la liberté se succédèrent dans la chaire. Tous parlèrent avec énergie mais surtout le citoyen Imbert ci-devant vicaire de Cieux prononça un discours analogue à la cérémonie. Le zèle et les talents qu'il déploya lui concilièrent les applaudissements de tout le peuple. A la fin de chaque discours une musique champêtre accompagnée des cris « Vive la République » se faisait entendre dans l'enceinte du temple. Les apôtres ayant fini leurs discours, on est sorti du temple dans le même ordre qu'on y était entré et on s'est rendu à la salle de la commune où le citoyen Doumezi, vice-président, en l'absence du citoyen Imbert président, retenu au lit depuis plusieurs jours, a annoncé que : « attendu qu'il était déjà tard et qu'on ne pouvait délibérer, en conséquence il a proposé de remettre la séance à trois heures de l'après-midi ce qui a été adopté à l'unanimité et chacun s'est retiré chez soi ». A trois heures de relevée comme par continuation de la séance du matin, les membres de la société s'étant réunis arrêtèrent que la célébration de la cérémonie serait inscrite dans le registre telle qu'elle s'était faite.

Arrêté que les citoyennes figurant la Raison et les assistantes seront invitées à se présenter au 1er décadi pour se faire inscrire membres de la société si on les jugeait capables et bonnes patriotes.

Arrêté en outre la société qu'elle féliciterait la Convention Nationale de ce qu'elle a sagement décrété qu'elle resterait à son poste, qu'elle adhérait volontiers aux mémorables journées des 31 mai, 1er et 2 juin derniers ainsi qu'à la punition des conspirateurs.

Fait et clos les jours mois et an que dessus.

Doumezi, vice-président, Guillot, secrétaire, Baju, adjoint.

Deuxième nivôse. Lecture a été faite de la séance dernière ainsi que des papiers nouvelles selon la coutume. Le citoyen Baju interpellé par un membre pour savoir s'il avait reçu des

nouvelles de l'affiliation de la société de Vaulry à celle de Bellac
a répondu qu'il n'en avait reçu aucune, mais qu'à son premier
voyage il la solliciterait avec cette ardeur et ce zèle qui caracté-
risent les vrais républicains. Il a été ensuite arrêté que l'on deman-
derait l'affiliation de la société à celle de Vaulry en lui envoyant
ùn extrait du règlement et un tableau des membres qui compo-
sent la dite société.

Mêmes signatures.

Dix nivôse (30 décembre 1793 vieux style). Une députation
de la municipalité se serait présentée et nous aurait exposé
qu'elle venait de faire un arrêté pour nous être communiqué.
Par le dit arrêté il paraît que le citoyen Imbert ci-devant curé
de la dite commune voulant se retirer, il serait nécessaire de faire
une pétition aux citoyens administrateurs du district de Bellac
à l'effet d'y (sic) demander un citoyen en état de diriger dans
les circonstances actuelles, n'y (sic) ayant personne dans la dite
commune en état de remplir les différentes obligations, et de vouloir députer avec eux deux membres pour le dit objet. La question
mise aux voix il a été arrêté qu'on se réunirait aux officiers
municipaux pour présenter la dite pétition et qu'on nommerait
séance tenante deux députés pour remercier la dite municipalité
de l'accord..... qui doit exister entre eux. Les députés nommés à la
pluralité des voix ont été Vincent Ducourtieux et Mathieu Granet
du village de La Garde, lesquels ont accepté la commission.

Treize nivôse. La Société populaire assemblée, les citoyens
Montjou et Allegraud députés par la société populaire de Bellac.
nous ont exhibé leurs pouvoirs à eux donnés par la dite société
aux fins de se transporter dans cette commune pour s'y opposer
aux progrès du fanatisme. Les dits pouvoirs datés du 7 nivôse,
signés : Duchasteau, président et Quenet, secrétaire.

Seize nivôse. La société populaire assemblée pour procéder à la
nomination d'un président par la démission du citoyen Imbert
cy-devant curé de la commune qui se retire de la dite commune,
avons procédé sans désemparer à la nomination du dit président.
Le scrutin dépouillé et vérifié le citoyen Doumezi s'est trouvé
réunir les voix en sa faveur et de suite proclamé président a
accepté, prêté serment et signé. Un membre ayant observé que par
la nomination du président, la place de vice-président ainsi que
celle de secrétaire étaient vacantes, il fallait aussi les remplacer
sur le champ. On a suivi la même marche que pour le président.

Louis Guillot (la Liberté) a été élu vice-président et Léonard Benassis secrétaire, lesquels ont accepté, prêté serment et signé. Au même instant se sont présentés Léonard Debelleix, Léonard Gourinat des Mats, Debelleix jeune, Jean Gourinat, de Rousset, et Maurice Chatenet, du Puyboureau inscrits pour la présentation depuis 8 jours, lesquels ont été admis ayant réuni la majorité absolue des suffrages et ils ont prêté tous les serments requis.

Fait et clos les jours mois et an que dessus.

Doumezi, président, Benassis, Guillot, Imbert, Baju.

Seize nivôse. La société populaire assemblée dans le lieu ordinaire de ses séances, un membre a fait la lecture d'une lettre de Bellac en date du deux présent mois par laquelle ils *(sic)* sont invités à former un comité de surveillance si nécessaire dans les circonstances actuelles. Lecture faite de la dite lettre on a procédé tout de suite à la dite formation. Sept membres proposés savoir Martial Gravelat, Doumezi, la Liberté, Pierre Bureau, Léonard Bureau, Chatenet et Pierre Grand ont été nommés à la majorité absolue des suffrages pour compléter le dit comité lesquels ont accepté, prêté serment de remplir avec zèle leurs fonctions. Pierre Doumezi a été élu président du comité et Benassy secrétaire.

Mêmes signatures.

17 nivôse. Un membre observe que la nomination du comité de surveillance est nulle vu qu'il est composé en majeure partie des officiers municipaux et que les surveillés ne peuvent pas être surveillants, en conséquence il propose sans désemparer de procéder à une nouvelle nomination. La question mise aux voix est discutée, il a été arrêté qu'on s'en occuperait sur le champ. Le scrutin ouvert, le nombre des billets s'étant trouvé égal à celui des votants, la majorité absolue des suffrages a été en faveur de Léonard Gourinat, des Mats, d'Annet Gourinat, de Rousset, de Nanot, des Mats, et de Jean Chatenet. Les autres trois membres nommés hier ont été conservés à savoir Grand, Chatenet et Bureau. Grand a été nommé président du dit comité, ils ont tous accepté et prêté le serment de remplir leurs fonctions avec zèle, justice, impartialité et sans haine.

Doumezi, président, Imbert, Guillot, vice-président, Baju, adjoint.

Dix-sept nivôse. Après la nomination des membres du comité de surveillance, un membre expose qu'en parcourant les registres de la dite société populaire il n'y trouve point inscrite la séance du treize du présent mois, qu'il en ignore la cause ayant été absent à raison de maladie, en conséquence il requiert qu'elle soit transcrite à cause de son utilité pour la dite société. Un autre membre ayant demandé la parole a observé que l'adjoint l'avait sans doute oublié et qu'ayant demeuré trois jours sans se réunir, son intention était de faire la même observation. En conséquence aujourd'hui treize nivôse an second de la République Française une et indivisible (2 janvier 1794 vieux style), nous président, vice-président, tous les membres de la société populaire et tous les citoyens assemblés dans le lieu de nos séances ordinaires en séance extraordinairement, les citoyens Montjou et Allegraud députés de la société populaire de Bellac nous ayant exhibé leurs pouvoirs à eux donnés par la dite société aux fins de se transporter dans cette commune pour s'opposer aux progrès du fanatisme, les pouvoirs datés du 7 du présent mois et signé Duchasteau, président et Quenet secrétaire : Se sont transportés dans le temple de la Raison, et là, en présence de la majeure partie des citoyens et citoyennes de la commune, ils ont prêché en véritables apôtres de la Raison et en vrais républicains, y mettant tout le feu et le zèle qu'exigeait une si importante matière. Ils ont été souvent accueillis par les plus vifs applaudissements et par les cris mille fois répétés de « Vive la République ». Ils ont chanté des hymnes en l'honneur de la liberté et avant de terminer leur carrière ils ont donné les plus grands éloges à toute la commune en la déclarant à la hauteur des circonstances et que s'il y avait de mauvais prêtres ils en exceptaient le citoyen Imbert ci-devant président de notre société populaire, lequel était un patriote et vrai républicain par les différents renseignements qu'ils avaient pris sur sa conduite dans les différentes circonstances où il s'était trouvé et qu'ils en feraient un fidèle rapport aux membres composant la société populaire de Bellac.

DOUMEZI, GUILLOT, BAJU, BENASSIS, secrétaire.

Aujourd'hui dix pluviôse l'an second de la République Française une et indivisible, nous, membres de la société populaire de Vaulry en séance ordinaire et séance publique. Président, Mathieu Grenier en l'absence du président et vice-président pour raison majeure, avons arrêté que suivant l'art. 7 de notre règlement et par l'observation d'un membre qu'il y en avait plusieurs qui depuis leur installation ne s'étaient présentés qu'une fois et d'autres très rarement, on avertirait les dits membres que suivant le dit article ils étaient exclus de droit pour deux mois de la société. Les dits membres inculpés sont Pierre Delaluc, Jean Patry, Peyrelade, Antoine Masson et Martial Masson.

Même date : Avons unanimement arrêté que toutes les décades on sonnerait la cloche pour avertir les autorités constituées ainsi que les membres de la société de se rendre à leur commune et cela entre neuf et dix heures.

Même date. Nous membres du comité de surveillance dans le lieu de nos séances ordinaires avons nommé pour président Mathieu Nanot du village des Mats.

Cinq ventôse. Nous membres de la société populaire de la dite commune : ouï la lecture de pétitions des citoyennes Beaupoil St Aulaire veuve Marsange et Eulalie Maumigny, portant réquisition de deux commissaires pour procéder chez elles à la recherche des titres de dîmes, rentes et de noblesse et acte de comparution, avons nommé pour commissaires Léonard Vallière et Benassis lesquels séance tenante doivent rapporter l'effet de leur commission. De retour de leur mission ils nous auraient certifié n'avoir trouvé aucun des dits titres et que les dites citoyennes avaient toujours persisté à déclarer qu'elles n'en avaient aucune connaissance comme il est marqué dans leur pétition.

Sept ventôse. Aujourd'hui est comparu le citoyen...... du lieu de la Rouzeille, commune de Veyrac, marchand aubergiste, lequel nous aurait exhibé une pétition adressée aux administrateurs du district de Limoges en date du premier pluviôse, présente année, homologuée par l'administration du département. Signé : Gay Vernon pour le président, portant réquisition de l'avoine dont les particuliers pourraient se passer. Sur ce, avons arrêté qu'il lui serait délivré la dite avoine laquelle mesurée, s'est évaluée à 600 livres pesant qui ont été pesées *(sic)* et délivrées par devant Doumezi et Imbert, nommés commissaires *ad hoc*, suivant l'acquit à caution en date du 7 présent mois.

Imbert, commissaire, Doumezi, officier municipal, Benassis, secrétaire.

26 ventôse. Un membre aurait exposé que suivant l'article premier du règlement on devait procéder à une nouvelle nomination du président et vice-président ainsi que du secrétaire, En conséquence avons sur le champ procédé aux dites nominations .

et le scrutin ayant été dépouillé tous les suffrages ont été en faveur de Pierre Doumezi président pour être continué, Léonard Benassis pour vice-président et Baju pour secrétaire, lesquels ont accepté et prêté le ssrment requis.

Un autre membre aurait dit qu'il n'y avait pas beaucoup de signataires et qu'il proposait de ne plus mettre d'adjoint au secrétaire. La question mise en délibération, il a été arrêté qu'à l'avenir on ne nommerait plus d'adjoint.

Pendant la dite séance les citoyens Imbert et Benassis députés du corps municipal se sont présentés et nous ont fait lecture d'un arrêté pris par le dit corps municipal aux fins de se concerter pour la plantation de l'arbre de la liberté. La question mise en délibération il a été arrêté que tous les membres se rendraient le 29 jour indiqué pour assister à la plantation du dit arbre.

29 ventôse. Aujourd'hui 29 ventôse, Nous membres de la société populaire suivant notre arrêté du 26 du courant avons assisté à la plantation de l'arbre de la liberté d'après l'invitation du corps municipal.

Dix germinal. Nous membres de la société populaire en séance publique, sur la présentation à nous faite d'une lettre de l'administration de Bellac adressée à notre agent national en date du premier courant concernant l'exploitation et fabrication du salpêtre, un membre aurait dit qu'il croyait que dans la commune il pouvait se trouver de la terre propre à la fabrication, mais que n'étant pas éclairé il proposait, vu qu'il y avait un instituteur au département, que la société y renvoyât deux de ses membres pour s'y instruire. La question mise en délibération, il a été arrêté qu'on nommerait deux membres aux fins de s'y transporter. Les citoyens Benassis et Imbert se sont présentés aux fins de remplir les vues de la société, ce qui a été accepté à l'unanimité.

Avons arrêté qu'on ne sonnerait plus la cloche que pour des nécessités extraordinaires.

20 germinal. Ouï la lecture d'une lettre de l'administration du district de Bellac à nous communiquée par le corps municipal pour former un tableau des indigents de notre commune, avons nommé pour commissaires les citoyens Imbert et Doumezi aux fins d'assister à la confection du tableau.

30 germinal. De concert avec le corps municipal avons arrêté que l'on vendrait à l'administration du directoire de Bellac l'argenterie et meubles et linges de la sacristie de notre commune consistant pour l'argenterie en un calice avec sa patène, un

soleil, une grande custode et une petite custode, les boites des huiles avec les burettes d'étain, six grands chandeliers en cuivre, l'encensoir et la navette du..... et six plaques servant au mulet (1) *(sic)* plusieurs chasubles de différentes couleurs, des aubes, des surplis, des chappes et autres linges servant à la ci-devant église de Vaulry. Le 1er floréal les dits objets y seront conduits.

Fait et clos les jours, mois et an que dessus.

Benassis, secrétaire, Doumezi, président, Grand, Imbert.

10 floréal an II de la République Française une et indivisible. Le citoyen Baju nous aurait exposé que le 1er de ce mois il avait remis à l'administration du district de Bellac et ce entre les mains de Charrain la Montagne, l'argenterie, meubles et linges de la ci-devant église de Vaulry suivant la déclaration remise au greffe de la municipalité.

De plus, ouï l'adresse des administrateurs de l'hôpital général à Limoges avons invité nos différents membres de secourir nos frères défenseurs de la patrie infirmes au dit hôpital par le don de quelques chemises et autres linges servant à leur nécessité.

Quant aux vieilles barriques, douves, etc., demandées par l'administration des poudres et salpêtres, plusieurs citoyens se sont empressés d'en fournir.

Fait et clos, etc.....

Mêmes signatures.

Trente floréal. Un membre aurait fait lecture d'une lettre de l'administration du directoire de Bellac en date du 24 présent mois relative à la recherche exacte des jeunes citoyens requis par la loi du 23 août dernier et qui ont voulu s'y soustraire. Après une recherche exacte des dits jeunes gens, nous n'avons trouvé pour notre commune que le citoyen Jean Dubreuil, lequel n'a pu partir avec les autres citoyens à raison de maladie.

Avons arrêté que vu les circonstances, on attendrait jusqu'à la prochaine séance pour engager ceux qui s'étaient volontairement inscrits pour des chemises pour l'hôpital général de Limoges à les remettre au bureau central avant la fin de la prochaine décade, et que ceux qui s'y refuseraient seraient notés à la dite société de négligence et d'indifférence pour leurs malheureux frères,

(1) Il résulte d'un autre document que ces plaques servant au mulet » étaient le harnachement en métal servant aux chevaux ou mulets de Mme de Marsanges.

et que leurs noms seraient inscrits dans la salle de nos assemblées ordinaires.

10 prairial. Aujourd'hui 10 prairial an second de la République une et indivisible. Ouï la lecture de plusieurs lettres à nous communiquées par le corps municipal ainsi que plusieurs arrêtés pris par lui, avons arrêté que les voisins seraient priés d'aider de leur travail Marie Mérigot, veuve Bourdolle, dont le fils était parti pour la défense de la patrie; qu'il ne serait accordé aucun passeport à aucun ouvrier pour aller travailler hors de la commune, que le citoyen Imbert s'étant offert dans le temps pour être instituteur provisoire, avons consenti à sa nomination, le trouvant le seul en état de remplir cette fonction. Avons remis au décadi prochain la nomination de notre président.

Fait et clos..., etc...

Mêmes signatures.

20 priairial. Les citoyens Léonard Debelleix et Montazeau du corps municipal nous ayant exposé qu'ils se présentaient à notre séance en vertu de la commission à eux donnée par le dit corps, sur la réquisition de l'agent national aux fins d'engager à se porter à la cérémonie de la fête décrétée à l'Etre suprême, avons arrêté que la société se rendrait en corps à la cérémonie à l'heure indiquée, que chaque chef de famille porterait du... (illisible) et autres bois propres à faire du charbon pour le salpêtre, que vu la cérémonie on remettrait à la seconde décade du mois Messidor la nomination du président.

30 prairial. Vu la communication à nous faite d'un arrêté du comité de salut public du 15 prairial aux fins de nous concerter avec le comité de surveillance et le corps municipal pour la vérification des chevaux et juments poulinières. Sur la présentation à nous faite des citoyens Doumezi et Grand, nommés par le corps municipal pour la dite vérification, avons donné notre consentement à la dite nomination. Avons en même temps arrêté qu'on ferait un registre où seraient inscrits tous les journaliers, manouvriers de la commune pour y avoir recours au besoin.

2 messidor. Aujourd'hui 2 messidor an second de la République Française une et indivisible. Nous membres de la société populaire en séance publique, lecture faite d'une lettre à nous adressée par la société populaire de Bellac à nous présentée par les citoyens Thomas et Vidal députés en date du trente dernier. Signé : Grateyrolle, ex-président, Lagedumont, secrétaire, Sensible-

ment affligés du malheur de nos frères des communes voisines avons arrêté d'accord avec toute la commune qu'on enverrait vingt-cinq quintaux de froment les seuls dont on peut se passer dans la commune.

Fait et arrêté les jours, mois et an que dessus.

Doumezi, président, Vidal, commissaire, Imbert, Grand, Thomas, Benassis, Baju, secrétaire.

4 messidor. Un membre ayant exposé que le 2 courant, les citoyens Thomas et Vidal députés de la société de Bellac s'étaient présentés à la dite société avec une lettre des membres composant la société populaire de Bellac, mais que, vu le petit nombre, ils n'avaient point proposé de la faire transcrire sur les registres, en conséquence il mettait à la discussion la dite transcription sur les registres; la question mise en délibération il a été unanimement arrêté que la dite lettre serait transcrite mot pour mot, ce que notre secrétaire a fait sans désemparer.

« 30 Prairial, An II de la République une et indivisible.

Les membres composant le bureau de la société populaire de Bellac aux citoyens composant la société populaire de Vaulry.

Frères et amis,

Plus nous espérions toucher au terme qui doit nous garantir des dangers de la famine, plus nous craignons ses funestes effets dans notre commune. La proximité d'une récolte abondante et une économie sévèrement observée furent longtemps le voile sous lequel nous dérobions nos sollicitudes, mais aujourd'hui qu'il est levé, que nos ressources sont épuisées, le cri de la nature se fait entendre. De toutes parts l'humanité souffrante réclame des secours; c'est une société républicaine qui s'élance dans les bras d'une autre pour exciter sa pitié et obtenir d'elle des marques de sa sensibilité. Nous ne pouvons nous adresser qu'à ceux qui sont préservés d'une pareille calamité; nous apprenons avec joie que le recensement de vos grains est rassurant, et qu'il vous éloigne infiniment de la règle rigoureuse que nous nous sommes imposés.

Taxés à une livre de pain par jour chaque individu, sans l'espoir d'atteindre le moment si désiré, ne serez-vous pas touchés de notre position? Nous le croyons d'avance. Nous parlons à des frères vivement pénétrés du malheur qui nous menace. Si vous êtes trop humains pour ne pas voler au secours d'une commune qui vous est sincèrement attachée, partagez donc avec nous, chers camarades, les ressources qui sont en votre pouvoir et celles que vous offrent chaque jour des campagnes fertiles.

C'est dans cette intime confiance que notre société envoie auprès de vous deux commissaires pour vous exposer de vive voix le degré de nos besoins. Le cri de la nature et les sentiments que partagent les vrais républicains sont les sûrs garants du succès de leur démarche. Salut et fraternité.

GRATEYROLLE, ex-président de la société populaire de Bellac,

LAGEDUMONT, ex-secrétaire,

BUCEROLLE, secrétaire..

Nos commissaires sont les citoyens Thomas et Vidal.

De plus avons arrêté que deux membres de la société se transporteraient à .... (illisible) où se rassembleraient les chevaux entiers et juments, chevaux hongres, poulains et pouliches pour par eux vérifier si tous les propriétaires y avaient conduit les leurs *(sic)*.

Fait et clos, etc.

GRAND, IMBERT, DOUMEZI, BAJU, adjoint.

Dix frimaire an trois. Lecture a été faite de tous les numéros du bulletin des lois jusqu'au numéro 87. Un membre observe que depuis quelque temps on observait pas assez régulièrement les statuts de la société. En conséquence il propose de nommer un président et un secrétaire et qu'à l'avenir on soit plus exact. Le secrétaire dit qu'il y avait une adresse au peuple français dont la lecture méritait attention et qu'après la nomination la lecture en serait faite ainsi que de divers objets dont il avait à entretenir la société. Tous ces objets mis en délibération, il a été arrêté qu'on procéderait sur le champ à la nomination du président et du secrétaire. Le scrutin ayant été ouvert et les billets étant égaux au nombre des votants, les voix se sont trouvées réunies en faveur de François Baju pour président et de Léonard Benassis pour secrétaire, lesquels ont prêté le serment requis en pareil cas.

Même date. Un membre fait lecture de l'adresse de la Convention Nationale au peuple français, laquelle lecture faite tous les membres se sont levés spontanément et ont crié : « Vive la Convention ! » et ont de nouveau juré fraternité et égalité, vivre ou mourir libres, et haine aux tyrans, terroristes et modérantistes.

Avons arrêté sur la lecture du citoyen Raffard agent national du district, que deux exemplaires des noms des membres de notre société seraient expédiés avant la fin de la décade pour être remis selon leur forme et teneur.

Fait et clos les jours, mois et an que dessus.

IMBERT, DOUMEZI, BENASSIS, secrétaire.

C'est à cette date du dix frimaire an III que s'arrêtent les délibérations de la société populaire. Imbert qui en était le président et le rédacteur attitré trouva-t-il que ces réunions faisaient en quelque sorte double emploi avec celles du corps municipal, ou bien le manque d'adhérents fit-il sombrer la société dans l'oubli, nous l'ignorons. Quoiqu'il puisse sembler étrange que le club ait ainsi cessé d'exister en pleine période révolutionnaire, nos recherches pour découvrir la suite des délibérations sont demeurées infructueuses.

Limoges. — Imp. Ducourtieux et Gout, 7, rue des Arènes.